I0783420

LOS MEJORES CUENTOS DE LOS HERMANOS GRIMM

(PULGARCITO, LA BELLA DURMIENTE, CENICIENTA, EL GATO CON BOTAS Y MUCHOS MÁS)

astria

LOS MEJORES CUENTOS DE LOS HERMANOS GRIMM
(PULGARCITO, LA BELLA DURMIENTE, CENICIENTA, EL GATO CON BOTAS Y MUCHOS MÁS)

©Astria Ediciones
Diseño de portada: Andrea Rodríguez
Arte de portada: Josué Flores Hernández
Supervisión Editorial: Óscar Flores López
Administración: Tesla Rodas y Jessica Cordero
Director Ejecutivo: José Azcona Bocock

Primera edición
Tegucigalpa, Honduras—Abril de 2025

BLANCANIEVE Y LOS SIETE ENANOS

Era un crudo día de invierno, y los copos de nieve caían del cielo como blancas plumas. La reina cosía junto a una ventana, cuyo marco era de ébano. Y como mientras cosía miraba caer los copos, con la aguja se pinchó un dedo, y tres gotas de sangre cayeron sobre la nieve. El rojo de la sangre se destacaba bellamente sobre el fondo blanco, y ella pensó:

—¡Ah, si pudiera tener una hija que fuera blanca como la nieve, roja como la sangre y negra como el ébano de esta ventana!

No mucho tiempo después le nació una niña que era blanca como la nieve, sonrosada como la sangre y de cabello negro como la madera de ébano; y por eso le pusieron por nombre Blancanieves. Pero al nacer ella, murió la reina.

Un año más tarde, el rey volvió a casarse. La nueva reina era muy bella, pero orgullosa y altanera, y no podía soportar que nadie la superara en hermosura. Tenía un espejo prodigioso, y cada vez que se miraba en él, le preguntaba:

—Espejito en la pared, dime una cosa: ¿quién es de este país la más hermosa?

Y el espejo le contestaba invariablemente:

—Señora reina, eres la más hermosa en todo el país.

La reina quedaba satisfecha, pues sabía que el espejo decía siempre la verdad. Blancanieves fue creciendo y se hacía más bella cada día. Cuando cumplió los siete años, era tan hermosa como la luz del día, y mucho más que la misma reina. Al preguntarle esta un día al espejo:

—Espejito en la pared, dime una cosa: ¿quién es de este país la más hermosa?

Respondió el espejo:

—Señora reina, tú eres como una estrella, pero Blancanieves es mil veces más bella.

Se espantó la reina, palideciendo de envidia y, desde entonces, cada vez que veía a Blancanieves sentía que se le revolvía el corazón; tal era el odio que albergaba contra ella. Y la envidia y la soberbia, como las malas hierbas, crecían cada vez más en su alma, no dejándole un instante de reposo, ni de día ni de noche.

Finalmente, un día llamó a un servidor y le dijo:

—Llévate a la niña al bosque; no quiero verla más. La matarás, y en prueba de haber cumplido mi orden, me traerás sus pulmones y su hígado.

Obedeció el cazador y se marchó al bosque con la muchacha. Pero cuando se disponía a clavar su cuchillo de monte en el inocente corazón de la niña, ella se echó a llorar:

—¡Piedad, buen cazador, déjame vivir! —suplicaba—. Me quedaré en el bosque y jamás volveré al palacio.

Y era tan hermosa, que el cazador, apiadándose de ella, le dijo:

—¡Vete entonces, pobrecilla!

Y pensó: "No tardarán las fieras en devorarla".

Sin embargo, le pareció como si se le quitara una piedra del corazón por no tener que matarla. Y como acertara a pasar por allí un cachorro de jabalí, lo degolló, le sacó los pulmones y el hígado, y se los llevó a la reina como prueba de haber cumplido su mandato. La perversa mujer los entregó al cocinero para que los guisara, y se los comió convencida de que comía la carne de Blancanieves.

La pobre niña se encontró sola y abandonada en el inmenso bosque. Se moría de miedo, y el menor movimiento de las hojas de los árboles le daba un sobresalto. No sabiendo qué hacer, echó a correr entre espinos y piedras puntiagudas, y los animales del bosque pasaban saltando a su lado sin causarle el menor daño. Siguió corriendo mientras pudo y hasta que se ocultó el sol. Entonces vio una casita y entró en ella para descansar.

Todo era diminuto en la casita, pero tan primoroso y limpio, que no hay palabras para describirlo. Había una mesita cubierta con un mantel blanquísimo, con siete minúsculos platitos y siete vasitos; y al lado de cada platito había su cucharita, su cuchillito y su tenedorcito. Alineadas junto a la pared se veían siete camitas, con sábanas de inmaculada blancura.

Blancanieves, como estaba muy hambrienta, comió un poquito de legumbres y un bocadito de pan de cada plato, y bebió una gota de vino de cada copita, pues no quería tomarlo todo de uno solo. Luego, sintiéndose muy cansada, quiso echarse en una de las camitas; pero ninguna era de su medida: resultaban demasiado largas o demasiado cortas; hasta que, por fin, la séptima le vino bien. Se acostó en ella, se encomendó a Dios y se quedó dormida.

Ya entrada la noche, llegaron los dueños de la casita, que eran siete enanitos que se dedicaban a excavar minerales en el monte. Encendieron sus siete lamparitas y, al iluminarse la habitación, vieron que alguien había entrado, pues las cosas no estaban como las habían dejado.

Dijo el primero:

—¿Quién se sentó en mi sillita?

El segundo:

—¿Quién ha comido de mi platito?

El tercero:

—¿Quién ha cortado un poco de mi pan?

El cuarto:

—¿Quién ha comido de mi verdurita?

El quinto:

—¿Quién ha pinchado con mi tenedorcito?

El sexto:

—¿Quién ha cortado con mi cuchillito?

Y el séptimo:

—¿Quién ha bebido de mi vasito?

Luego, el primero recorrió la habitación y, al ver un pequeño hueco en su cama, exclamó alarmado:

—¿Quién se ha subido en mi camita?

Acudieron corriendo los demás y exclamaron todos:

—¡Alguien estuvo echado en la mía!

Pero el séptimo, al examinar la suya, descubrió a Blancanieves dormida en ella. Llamó entonces a los demás, los cuales acudieron presurosos y no pudieron reprimir sus exclamaciones de admiración cuando, acercando las siete lamparitas, vieron a la niña.

—¡Oh, Dios mío! ¡Oh, Dios mío! —decían—, ¡qué criatura más hermosa!

Y fue tal su alegría, que decidieron no despertarla, sino dejar que siguiera durmiendo en la camita. El séptimo enano se acostó junto a sus compañeros, una hora con cada uno, y así transcurrió la noche. Al clarear el día se despertó Blancanieves y, al ver a los siete enanitos, tuvo un sobresalto. Pero ellos la saludaron amablemente y le preguntaron:

—¿Cómo te llamas?

—Me llamo Blancanieves —respondió ella.

—¿Y cómo llegaste a nuestra casa? —siguieron preguntando los hombrecitos.

Entonces ella les contó que su madrastra había dado la orden de matarla, pero que el cazador le había perdonado la vida, y ella había estado corriendo todo el día, hasta que, al atardecer, encontró la casita.

Dijeron los enanitos:

—¿Quieres cuidar de nuestra casa? ¿Cocinar, hacer las camas, lavar, remendar la ropa y mantenerlo todo ordenado y limpio? Si es así, puedes quedarte con nosotros y nada te faltará.

—¡Sí! —exclamó Blancanieves—. Con mucho gusto.

Y se quedó con ellos.

A partir de entonces, cuidaba la casa con todo esmero. Por la mañana, ellos salían a la montaña en busca de minerales y oro, y al regresar por la tarde, encontraban la comida preparada. Durante el día, la niña se quedaba sola, y los buenos enanitos le advirtieron:

—Cuídate de tu madrastra, que no tardará en saber que estás aquí. ¡No dejes entrar a nadie!

La reina, entretanto, como creía haberse comido los pulmones y el hígado de Blancanieves, vivía segura de volver a ser la primera en belleza. Se acercó un día al espejo y le preguntó:

—Espejito en la pared, dime una cosa: ¿quién es de este país la más hermosa?

Y respondió el espejo:

—Señora reina, eres aquí como una estrella; pero mora en la montaña, con los enanitos, Blancanieves, que es mil veces más bella.

La reina se sobresaltó, pues sabía que el espejo jamás mentía, y comprendió que el cazador la había engañado y que Blancanieves seguía viva. Pensó entonces en otra manera de deshacerse de ella, pues mientras existiera en el país alguien que la superara en belleza, la envidia no la dejaría en paz. Finalmente, ideó un medio. Se tiznó la cara y se disfrazó como una vieja buhonera, quedando completamente irreconocible.

Así disfrazada se dirigió a las siete montañas y, llamando a la puerta de los siete enanitos, gritó:

—¡Vendo cosas buenas y bonitas!

Blancanieves se asomó a la ventana y le dijo:

—¡Buenos días, buena mujer! ¿Qué traes para vender?

—Cosas finas, cosas finas —respondió la reina—. Lazos de todos los colores.

Y sacó uno trenzado de seda multicolor.

"Bien puedo dejar entrar a esta pobre mujer", pensó Blancanieves y, abriendo la puerta, compró el primoroso lacito.

—¡Qué linda eres, niña! —exclamó la vieja—. Ven, que yo misma te pondré el lazo.

Blancanieves, sin sospechar nada, se puso delante de la vendedora para que le atara la cinta alrededor del cuello, pero la bruja lo hizo tan bruscamente y apretando tanto, que a la niña se le cortó la respiración y cayó como muerta.

—¡Ahora ya no eres la más hermosa! —dijo la madrastra, y se alejó rápidamente.

Al poco rato, ya entrada la noche, regresaron los siete enanitos. Imagínense su susto cuando vieron tendida en el suelo a su querida Blancanieves, sin moverse, como muerta. Corrieron a incorporarla y, al ver que el lazo le apretaba el cuello, se apresuraron a cortarlo. La niña comenzó a respirar levemente y, poco a poco, fue volviendo en sí. Al oír lo que había sucedido, le dijeron:

—La vieja vendedora no era otra que la malvada reina. Cuídate muy bien de no dejar entrar a nadie mientras estemos fuera.

La malvada mujer, al llegar al palacio, corrió ante el espejo y preguntó:

—Espejito en la pared, dime una cosa: ¿quién es de este país la más hermosa?

Y respondió el espejo, como la vez anterior:

—Señora reina, eres aquí como una estrella; pero mora en la montaña, con los enanitos, Blancanieves, que es mil veces más bella.

Al oírlo, del despecho, toda la sangre se le fue al corazón, pues supo que Blancanieves continuaba con vida.

—¡Esta vez —se dijo— idearé una trampa de la que no te escaparás!

Y, valiéndose de las artes diabólicas en las que era maestra, fabricó un peine envenenado. Luego volvió a disfrazarse, adoptando también la figura de una vieja, y se fue a las montañas. Al llegar, llamó a la puerta de los siete enanitos:

—¡Buena mercancía para vender! —gritó.

Blancanieves, asomándose a la ventana, le dijo:

—Sigue tu camino, que no puedo abrirle a nadie.

—¡Al menos podrás mirar lo que traigo! —respondió la vieja, y sacó el peine, mostrándolo en el aire.

Pero le gustó tanto el peine a la niña que, olvidando todas las advertencias, abrió la puerta.

Cuando acordaron el precio, dijo la vieja:

—Ven, que te peinaré como Dios manda.

La pobrecita, sin pensar nada malo, dejó hacer a la vieja. Pero apenas hubo esta clavado el peine en su cabello, el veneno hizo efecto y la niña se desplomó, inconsciente.

—¡Dechado de belleza! —exclamó la malvada bruja—. ¡Ahora sí que estás lista!

Y se marchó.

Pero, afortunadamente, faltaba poco para la noche, y los enanitos no tardaron en regresar. Al encontrar a Blancanieves inanimada en el suelo, sospecharon de inmediato de la madrastra y, buscando, descubrieron el peine envenenado. Se lo quitaron rápidamente y, en el acto, la niña volvió en sí y les explicó lo ocurrido. Ellos le advirtieron de nuevo que debía estar alerta y no abrir la puerta a nadie.

La reina, de regreso en el palacio, fue directamente a su espejo:

—Espejito en la pared, dime una cosa: ¿quién es de este país la más hermosa?

Y como las veces anteriores, respondió el espejo al fin:

—Señora reina, eres aquí como una estrella; pero mora en la montaña, con los enanitos, Blancanieves, que es mil veces más bella.

Al oír estas palabras, la malvada bruja se puso a temblar de rabia.

—¡Blancanieves morirá! —gritó—. ¡Aunque me cueste la vida!

Y, bajando a una cámara secreta donde nadie tenía acceso más que ella, preparó una manzana con un veneno de lo más virulento.

Por fuera era preciosa, blanca y sonrosada, capaz de hacerle la boca agua a cualquiera que la viera. Pero un solo bocado significaba una muerte segura.

Cuando tuvo lista la manzana, se pintó nuevamente la cara, se vistió de campesina y se encaminó hacia las siete montañas, a la casa de los siete enanitos. Llamó a la puerta. Blancanieves asomó la cabeza por la ventana y dijo:

—No debo abrirle a nadie; los siete enanitos me lo han prohibido.

—Como quieras —respondió la campesina—. Pero yo quiero deshacerme de mis manzanas. Mira, te regalo una.

—No —contestó la niña—, no puedo aceptar nada.

—¿Temes acaso que te envenene? —dijo la vieja—. Fíjate, corto la manzana en dos mitades: tú te comes la parte roja y yo la blanca.

La fruta estaba preparada de modo que sólo el lado encarnado tenía veneno. Blancanieves miraba la manzana con ojos codiciosos, y cuando vio que la campesina la comía, ya no pudo resistirse. Alargó la mano y tomó la mitad envenenada. Pero no bien se hubo metido en la boca el primer trocito, cayó al suelo, muerta.

La reina la contempló con una mirada de rencor y, echándose a reír, dijo:

—¡Blanca como la nieve, roja como la sangre, negra como el ébano! Esta vez, no te resucitarán los enanitos.

Y cuando, al llegar al palacio, preguntó al espejo:

—Espejito en la pared, dime una cosa: ¿quién es de este país la más hermosa?

Le respondió el espejo, al fin:

—Señora reina, eres la más hermosa en todo el país.

Sólo entonces se aquietó su envidioso corazón, suponiendo que un corazón envidioso pudiera aquietarse.

Los enanitos, al volver a su casa aquella noche, encontraron a Blancanieves tendida en el suelo, sin que de sus labios saliera el hálito más leve. Estaba muerta. La levantaron, buscaron si tenía algún objeto envenenado, la desabrocharon, le peinaron el cabello, la lavaron con agua y vino, pero todo fue inútil. La pobre niña estaba muerta, y bien muerta.

La colocaron en un ataúd, y los siete, sentándose alrededor, la estuvieron llorando por espacio de tres días. Luego pensaron en darle sepultura; pero viendo que el cuerpo se conservaba lozano, como el de una persona viva, y que sus mejillas seguían sonrosadas, dijeron:

—No podemos enterrarla en el seno de la negra tierra.

Y mandaron fabricar una caja de cristal transparente, que permitiera verla desde todos los lados. La colocaron dentro y grabaron su nombre con letras de oro: "Princesa Blancanieves".

Después, transportaron el ataúd a la cumbre de la montaña, y uno de ellos, por turnos, estaba siempre allí velándola. Y hasta los animales acudieron a llorar a Blancanieves: primero, una lechuza; luego, un cuervo, y finalmente, una palomita.

Y así estuvo Blancanieves mucho tiempo, reposando en su ataúd, sin descomponerse, como dormida, pues seguía siendo blanca como la nieve, roja como la sangre y con el cabello negro como el ébano.

Sucedió entonces que un príncipe, que se había internado en el bosque, llegó hasta la casa de los enanitos para pasar la noche. Vio en la montaña el ataúd que contenía a la hermosa Blancanieves y leyó la inscripción grabada con letras de oro. Dijo entonces a los enanitos:

—Denme el ataúd. Pagaré por él lo que me pidan.

Pero los enanitos contestaron:

—Ni por todo el oro del mundo lo venderíamos.

—En tal caso, regálenmelo —propuso el príncipe—, pues ya no podré vivir sin ver a Blancanieves. La honraré y reverenciaré como lo que más quiero.

Al oír estas palabras, los hombrecitos sintieron compasión del príncipe y le regalaron el féretro. El príncipe ordenó que sus criados lo transportaran en hombros. Pero ocurrió que, en el camino, tropezaron con una mata, y por la sacudida saltó de la garganta de Blancanieves el pedazo de manzana envenenada que aún tenía atragantado. Y, al poco rato, la princesa abrió los ojos y recobró la vida.

Levantó la tapa del ataúd, se incorporó y dijo:

—¡Dios santo! ¿Dónde estoy?

Y el príncipe le respondió, loco de alegría:

—Estás conmigo.

Y, después de explicarle todo lo ocurrido, le dijo:

—Te quiero más que a nadie en el mundo. Ven al castillo de mi padre y serás mi esposa.

Accedió Blancanieves y se marchó con él al palacio, donde enseguida se dispuso la boda, que debía celebrarse con gran magnificencia y esplendor.

A la fiesta fue invitada también la malvada madrastra de Blancanieves. Una vez que se hubo ataviado con sus vestidos más lujosos, fue al espejo y le preguntó:

—Espejito en la pared, dime una cosa: ¿quién es de este país la más hermosa?

Y respondió el espejo:

—Señora reina, eres aquí como una estrella, pero la reina joven es mil veces más bella.

La malvada mujer soltó una palabrota y tuvo tal sobresalto, que quedó como fuera de sí. Su primer impulso fue no ir a la boda. Pero la inquietud la devoraba, y no pudo resistir el deseo de ver a aquella joven reina.

Al entrar en el salón, reconoció a Blancanieves, y fue tal su espanto y asombro, que se quedó clavada en el suelo sin poder moverse. Pero ya habían puesto al fuego unas zapatillas de hierro, y estaban al rojo vivo. Tomándolas con tenazas, la obligaron a ponérselas, y tuvo que bailar con ellas hasta que cayó muerta.

EL FLAUTISTA DE HAMELIN

Al norte de Alemania había una pequeña ciudad llamada Hamelin. Su paisaje era placentero y su belleza era exaltada por las riberas de un río ancho y profundo que la cruzaba. Y sus habitantes se enorgullecían de vivir en un lugar tan apacible y pintoresco.

Pero… un día, la ciudad se vio atacada por una terrible plaga: ¡Hamelin estaba llena de ratas!

Había tantas y tantas que se atrevían a desafiar a los perros, perseguían a los gatos —sus enemigos de toda la vida—, se subían a las cunas para morder a los niños dormidos, y hasta robaban los quesos enteros de las despensas para luego comérselos, sin dejar ni una migaja. ¡Ah!, y además… metían los hocicos en todas las comidas, husmeaban en los cucharones de los guisos que preparaban los cocineros, roían la ropa dominguera de la gente, agujereaban los costales de harina y los barriles de sardinas saladas, y hasta pretendían treparse por las anchas faldas de las mujeres charlatanas reunidas en la plaza, ahogando las voces asustadas con sus agudos y desafinados chillidos.

¡La vida en Hamelin se estaba volviendo insoportable!

…Pero llegó un día en que el pueblo se hartó de esta situación. Y todos, en masa, se congregaron frente al Ayuntamiento.

¡Qué exaltados estaban todos!

No hubo manera de calmar los ánimos de los allí reunidos.

—¡Fuera el alcalde! —gritaban unos.

—¡Ese hombre es un inútil! —decían otros.

—¡Que los del Ayuntamiento nos den una solución! —exigían los de más allá.

Con las mujeres la cosa era peor.

—¿Pero qué se creen? —vociferaban—. ¡Busquen el modo de librarnos de la plaga de ratas! ¡O encuentran la forma de terminar con esto o los arrastraremos por las calles! ¡Así será, como hay Dios!

Al oír tales amenazas, el alcalde y los concejales quedaron consternados y temblando de miedo.

¿Qué hacer?

Durante una larga hora estuvieron sentados en el salón de la alcaldía discurriendo cómo atacar a las ratas. Se sentían tan preocupados que no encontraban una idea efectiva para dar solución a la plaga.

Por fin, el alcalde se puso de pie y exclamó:

—¡Lo que yo daría por una buena ratonera!

Apenas se hubo extinguido el eco de su última palabra, cuando todos los reunidos oyeron algo inesperado. En la puerta del Concejo Municipal sonaba un ligero repiqueteo.

—¡Dios nos ampare! —gritó el alcalde, lleno de pánico—. Parece que se oye el roer de una rata. ¿Me habrán oído?

Los ediles no respondieron, pero el repiqueteo continuó.

—¡Pase adelante quien llama! —vociferó el alcalde, con voz temblorosa y dominando su terror.

Entonces entró en la sala el personaje más extraño que se puedan imaginar.

Llevaba una rara capa que lo cubría del cuello a los pies, formada por recuadros negros, rojos y amarillos. Era un hombre alto, delgado y con ojos azules agudos, pequeños como cabezas de alfiler. Su cabello caía lacio, de un amarillo claro, en contraste con la piel tostada y curtida por las inclemencias del tiempo. Su cara era lisa, sin bigote ni barba; sus labios se curvaban en una sonrisa que dirigía a unos y a otros, como si se encontrara entre viejos amigos.

El alcalde y los concejales lo contemplaron boquiabiertos, pasmados ante su figura y cautivados, al mismo tiempo, por su estrambótico atractivo.

El desconocido avanzó con simpatía y dijo:

—Perdonen, señores, que me haya atrevido a interrumpir su importante reunión, pero he venido a ayudarlos. Yo soy capaz, gracias a un encanto secreto que poseo, de atraer hacia mi persona a todos los seres que viven bajo el sol. Lo mismo da si se arrastran por el suelo, si nadan en el agua, si vuelan por el aire o si corren sobre la tierra. Todos ellos me siguen, como ustedes no se imaginan. Principalmente uso mi poder mágico con los animales que más daño hacen en los pueblos, ya sean topos o sapos, víboras o lagartijas. Las gentes me conocen como el Flautista Mágico.

Mientras hablaba, el alcalde y los concejales notaron que, en torno a su cuello, llevaba una corbata roja con rayas amarillas, de la que colgaba una flauta. También observaron que sus dedos se movían inquietos, al compás de sus palabras, como si sintieran impaciencia por alcanzar y tocar el instrumento que pendía sobre sus extrañas vestiduras.

El flautista continuó hablando:

—Tengan en cuenta, sin embargo, que soy un hombre pobre. Por eso cobro por mi trabajo. El año pasado libré a una aldea inglesa de una monstruosa invasión de murciélagos, y a una ciudad asiática le quité una plaga de mosquitos que los tenía a todos enloquecidos por las picaduras. Ahora bien, si los libro de esta molestia, ¿me darían un millar de florines?

—¿Un millar de florines? ¡Cincuenta millares! —respondieron al unísono el asombrado alcalde y todo el concejo.

Poco después, el flautista bajaba por la calle principal de Hamelin. Llevaba una fina sonrisa en los labios, pues estaba seguro del gran poder que dormía en el alma de su mágico instrumento.

De pronto se detuvo. Tomó la flauta y comenzó a soplarla, mientras guiñaba sus ojos azul verdoso. Chispeaban como cuando se espolvorea sal sobre una llama.

Arrancó tres vivísimas notas de la flauta.

Al instante se oyó un rumor. Pareció a todos los habitantes de Hamelin como si lo hubiese provocado un ejército que despertara al mismo tiempo. Luego el murmullo se convirtió en ruido, y finalmente, el ruido creció hasta hacerse estruendoso.

¿Y saben qué pasaba? Pues que de todas las casas empezaron a salir ratas. Salían a montones. Lo mismo las ratas grandes que los ratones chiquitos; igual los flacuchos que los gordinflones. Padres, madres, tías y primos ratoniles, con sus tiesas colas y sus punzantes bigotes. Familias enteras de bichos se lanzaron tras el flautista, sin importarles charcos ni hoyos.

Y el flautista seguía tocando sin cesar, mientras recorría calle tras calle. Y tras él iba todo el ejército ratonil, danzando sin poder contenerse. Así, bailando y bailando, llegaron las ratas al río, donde fueron cayendo una tras otra, ahogándose por completo.

Sólo una rata logró escapar. Era una rata muy fuerte que nadó contra la corriente y logró llegar a la otra orilla. Corriendo sin parar, fue a llevar la triste noticia de lo sucedido a su país natal: Ratilandia.

Una vez allí, contó lo que había ocurrido:

—Igual les hubiera pasado a todas ustedes. En cuanto llegaron a mis oídos las primeras notas de aquella flauta, no pude resistir el deseo de seguir su música. Era como si ofrecieran todas las golosinas que encantan a una rata. Imaginaba tener al alcance todos los mejores bocados; me parecía una voz que me invitaba a comer sin parar, a roer cuanto quería, a pasarme noche y día en un eterno banquete, y que me incitaba dulcemente, diciéndome: "¡Anda, atrévete!". Cuando recuperé la noción de la realidad, estaba en el río, a punto de ahogarme como las demás. ¡Gracias a mi fortaleza me he salvado!

Esto asustó mucho a las ratas, que se apresuraron a esconderse en sus agujeros. Y, desde luego, no volvieron más a Hamelin.

¡Había que ver a la gente de Hamelin!

Cuando comprobaron que se habían librado de la plaga que tanto los había molestado, echaron a volar las campanas de todas las iglesias, hasta el punto de hacer retemblar los campanarios.

El alcalde, que ya no temía que lo arrastraran por las calles, parecía un jefe dando órdenes a los vecinos:

—¡Vamos! ¡Busquen palos y ramas! ¡Revisen los nidos de las ratas y cierren luego las entradas! ¡Llamen a carpinteros y albañiles y asegúrense entre todos de que no quede el menor rastro de las ratas!

Así hablaba el alcalde, muy ufano y satisfecho. Hasta que, de pronto, al volver la cabeza, se encontró cara a cara con el flautista mágico, cuya arrogante y extraña figura se destacaba en la plaza del mercado de Hamelin.

El flautista interrumpió sus órdenes con estas palabras:

—Creo, señor alcalde, que ha llegado el momento de darme mis mil florines.

¡Mil florines! ¿Qué se creía? ¡Mil florines!

El alcalde miró con desagrado al tipo extravagante que se los pedía. Y lo mismo hicieron sus compañeros del Concejo, que lo habían estado rodeando mientras daba órdenes.

¿Quién pensaba en pagarle a semejante vagabundo con capa multicolor?

—¿Mil florines…? —dijo el alcalde—. ¿Por qué?

—Por haber ahogado a las ratas —respondió el flautista.

—¿Tú ahogaste a las ratas? —exclamó con fingido asombro el alcalde, haciendo un guiño a sus concejales—. Ten muy en cuenta que nosotros trabajamos siempre cerca del río, y allí vimos con nuestros propios ojos cómo se ahogaba esa plaga. Y, según creo, lo que está bien muerto no vuelve a la vida. No vamos a regatearte un trago de vino para celebrar lo ocurrido, y también te daremos algo de dinero para rellenar tu bolsa. Pero eso de los mil florines, como puedes imaginarte, lo dijimos en broma. Además, con la plaga hemos sufrido muchas pérdidas... ¡Mil florines! ¡Vamos, vamos...! Toma cincuenta.

El flautista, a medida que escuchaba las palabras del alcalde, iba poniendo un rostro cada vez más serio. No le gustaba que lo engañaran con palabras melosas, ni mucho menos que se cambiara el sentido de las cosas.

—¡No diga más tonterías, alcalde! —exclamó—. No me gusta discutir. Usted hizo un pacto conmigo. ¡Cúmplalo!

—¿Yo? ¿Yo hice un pacto contigo? —dijo el alcalde, fingiendo sorpresa y actuando sin el menor remordimiento, aunque había engañado y estafado al flautista.

Sus compañeros del Concejo también declararon que tal cosa no era cierta.

El flautista advirtió muy serio:

—¡Cuidado! No sigan provocando mi cólera, porque puedo tocar mi flauta de otra manera.

Tales palabras enfurecieron al alcalde.

—¿Cómo es eso? —bramó—. ¿Piensas que voy a tolerar tus amenazas? ¿Que voy a permitir que me traten peor que a un sirviente? ¿Te olvidas que soy el alcalde de Hamelin? ¿Qué te has creído?

El hombre quería ocultar su falta de palabra a fuerza de gritos, como suele ocurrir con quienes actúan de ese modo.

Y siguió vociferando:

—¡A mí no me insulta ningún vago como tú, aunque tenga una flauta mágica y esos ridículos ropajes que luces!

—¡Se van a arrepentir!

—¿Aún sigues amenazando, pícaro vagabundo? —aulló el alcalde, mostrando el puño—. ¡Haz lo que te dé la gana, y sopla tu flauta hasta que revientes!

El flautista dio media vuelta y se marchó de la plaza.

Empezó a caminar por una calle cuesta abajo, y entonces se llevó a los labios la larga y bruñida caña de su instrumento, del que sacó tres notas. Tres notas tan dulces, tan melodiosas, como jamás músico alguno —ni el más hábil— había conseguido hacer sonar. Eran arrebatadoras; encandilaban al que las oía.

Se despertó un murmullo en Hamelin. Un susurro que pronto se convirtió en alboroto, producido por alegres grupos que se precipitaban hacia el flautista, atropellándose unos a otros en su apuro.

Numerosos piececitos corrían batiendo el suelo, menudos zuecos repiqueteaban sobre las losas, muchas manitas palmoteaban, y el bullicio iba en aumento. Y como pollitos en un gran gallinero cuando llega quien les lleva la comida, así salieron corriendo de casas y palacios todos los niños, todos los muchachos y las jovencitas que vivían en ellos, con sus mejillas rosadas y rizos de oro, sus ojitos chispeantes y dientecitos como perlas. Iban tropezando y saltando, corriendo gozosos tras el maravilloso músico, al que acompañaban con su vocerío y sus carcajadas.

El alcalde quedó mudo de asombro. Y los concejales también.

Quedaron inmóviles como estatuas, sin saber qué hacer ante lo que estaban viendo. Es más, se sentían incapaces de dar un solo paso o de lanzar el menor grito que impidiera aquella fuga de los niños.

No se les ocurrió otra cosa que seguir con la mirada —es decir, contemplar con muda estupidez— a la gozosa multitud que se iba en pos del flautista.

Sin embargo, el alcalde salió de su pasmo, y lo mismo les pasó a los concejales cuando vieron que el mágico músico se internaba por la calle Alta, camino del río.

¡Precisamente por la calle donde vivían sus propios hijos e hijas!

Por fortuna, el flautista no parecía querer ahogar a los niños. En lugar de ir hacia el río, se dirigió hacia el sur, encaminando sus pasos hacia la alta montaña que se alzaba cercana. Tras él siguió, cada vez más presurosa, la menuda tropa.

Esa ruta hizo que la esperanza aliviara los oprimidos pechos de los padres.

—¡Nunca podrá cruzar esa intrincada cumbre! —se decían las personas mayores—. Además, el cansancio hará que suelte la flauta y nuestros hijos dejarán de seguirlo.

Pero sucedió que, apenas empezó el flautista a subir la falda de la montaña, la tierra se agrietó y se abrió un ancho y maravilloso portón. Pareció como si alguna poderosa y misteriosa mano hubiese excavado repentinamente una enorme gruta.

Por allí entró el flautista, seguido por la turba de chiquillos. Y en cuanto el último de ellos hubo pasado, la fantástica puerta desapareció en un abrir y cerrar de ojos, quedando la montaña igual que antes.

Sólo quedó fuera uno de los niños. Era cojo y no pudo seguir a los demás en sus bailes y carreras.

A él acudieron el alcalde, los concejales y los vecinos, cuando se les pasó el susto por lo ocurrido.

Lo encontraron triste y cabizbajo.

Y como le reprocharon que no se sintiera contento por haberse salvado del destino de sus compañeros, respondió:

—¿Contento? ¡Al contrario! Me perdí todas las cosas bonitas con las que ahora se están recreando. También a mí me las prometió el flautista con su música, si lo seguía; pero no pude.

—¿Y qué les prometía? —preguntó su padre, curioso.

—Dijo que nos llevaría a una tierra feliz, cerca de esta ciudad, donde abundan los manantiales cristalinos y se multiplican los árboles frutales; donde las flores tienen colores más bellos, y todo es extraño y nunca visto. Allí los gorriones brillan con colores más hermosos que los de nuestros pavos reales; los perros corren más que los venados de por aquí. Y las abejas no tienen aguijón, por lo que no hay miedo de que nos piquen al quitarles la miel. Hasta los caballos son extraordinarios: nacen con alas de águila.

—Entonces, si tanto te atraía, ¿por qué no lo seguiste?

—No pude, por mi pierna enferma —se lamentó el niño—. La música se detuvo y quedé inmóvil. Cuando me di cuenta de lo que pasaba, vi que los demás ya habían desaparecido por la colina, dejándome solo, en contra de mi voluntad.

¡Pobre ciudad de Hamelin! ¡Qué caro pagó su avaricia!

El alcalde mandó gente a todas partes, con la orden de ofrecer al flautista plata y oro con qué llenar sus bolsillos, a cambio de que regresara con los niños.

Cuando se convencieron de que todo era en vano y de que el flautista y los niños se habían ido para siempre, ¡cuánto dolor sintieron las gentes! ¡Cuántas lamentaciones y lágrimas! ¡Y todo por no cumplir el pacto acordado!

Para que todos recordaran lo sucedido, el lugar donde desaparecieron los niños fue llamado "Calle del Flautista Mágico". Además, el alcalde ordenó que todo aquel que se atreviera a tocar una flauta o un tamboril en Hamelin perdiera su ocupación para siempre. Prohibió también que cualquier hostería o mesón que se instalara en esa calle profanara con fiestas o algarabías la solemnidad del sitio.

Luego, la historia fue grabada en una columna y también pintada en el gran ventanal de la iglesia, para que todo el mundo conociera y recordara cómo se perdieron aquellos niños de Hamelin.

RUMPELSTILTSKIN

Había una vez un molinero muy pobre que tenía una hija muy hermosa. Dio la casualidad de que un día el molinero acudió a una audiencia ante el rey y, queriendo darse importancia, le dijo que su hija era capaz de convertir la paja en oro con ayuda de una rueca.

—Esa sí que es una habilidad valiosa —dijo el rey—. Si tu hija es tan lista como dices, tráela al palacio mañana mismo. Quiero comprobar si lo que dices es cierto.

La muchacha, en efecto, fue llevada ante el rey, y este la encerró en una habitación llena de paja y le dejó una rueca.

—Trabaja durante toda la noche. Si a primera hora de la mañana no has convertido esta paja en oro, morirás —dijo su majestad, cerrando la puerta tras ella.

La pobre hija del molinero se sentó sin saber qué hacer. No tenía la menor idea de cómo transformar la paja en oro, y se sintió tan desgraciada que comenzó a llorar. De repente, se abrió la puerta y apareció un hombrecillo.

—Buenas noches, molinerita, ¿por qué lloras?

—¡Oh! —exclamó la muchacha, sobresaltada—. Tengo que convertir esta paja en oro y no sé cómo hacerlo.

—Si yo lo hago por ti, ¿qué me darás? —preguntó el duende.

—Mi collar —respondió la chica.

El hombrecillo aceptó el collar y se sentó junto a la rueca. La hizo girar tres veces, y a la tercera vuelta sacó un ovillo de oro. Repitió la operación una y otra vez hasta que, cerca del amanecer, no quedaba ni una brizna de paja y la habitación estaba llena de ovillos de oro.

Al salir el sol, el rey apareció por la puerta. Al ver tanto oro, se quedó asombrado y muy complacido, aunque eso sólo avivó aún más su codicia.

Llevó a la hija del molinero a otra estancia mucho más grande, también llena de paja, y le dijo que, si valoraba su vida, debía hilar durante toda la noche y convertir en oro todo lo que allí había. La muchacha, desesperada, se echó a llorar. Pero, como la noche anterior, se abrió la puerta y apareció el mismo hombrecillo.

—¿Qué me darás si convierto esta paja en oro?

—El anillo que llevo en el dedo —respondió la joven.

El duende tomó el anillo y se puso a hilar. Al amanecer, toda la paja se había convertido en reluciente oro. Al verla, el rey sintió una alegría desmedida, pero su avaricia seguía insatisfecha. Entonces llevó a la muchacha a una tercera habitación, aún más grande, y le dijo:

—Trabaja toda la noche y convierte esta paja en oro. Si lo logras, te convertirás en mi esposa.

"No es más que la hija de un molinero", pensó el rey, "pero no encontraría una esposa más rica aunque buscara por todo el mundo".

Cuando la joven quedó sola, el hombrecillo apareció por tercera vez.

—¿Qué me darás si vuelvo a convertir esta paja en oro?

—No me queda nada que darte —respondió ella.

—Entonces, prométeme que cuando seas reina me entregarás a tu primer hijo.

"¿Quién sabe lo que puede pasar antes de que eso ocurra?", pensó la hija del molinero, que además no veía otra salida. Así que le prometió lo que pedía, y el duende se puso a hilar una vez más, convirtiendo toda la paja en oro.

A la mañana siguiente, al ver que todo estaba como deseaba, el rey se casó con la hija del molinero.

Al cabo de un año, la reina dio a luz un hermoso niño y ya ni se acordaba del hombrecillo que le había salvado la vida. Sin embargo, un día, el duende apareció ante ella.

—Has de darme lo que me prometiste.

La reina le ofreció todas las riquezas del reino a cambio de conservar a su hijo, pero el duende no aceptó.

—No. Cualquier ser vivo vale más para mí que todas las riquezas de este mundo —dijo.

La reina lloró tan amargamente que el hombrecillo se apiadó de ella.

—De acuerdo —dijo—. Te doy tres días para que averigües mi nombre. Si lo descubres antes de que termine el plazo, puedes quedarte con tu hijo.

La reina recopiló todos los nombres que pudo recordar y envió mensajeros a todos los rincones del reino en busca de cualquier nombre extraño que escucharan.

Al día siguiente, cuando el hombrecillo apareció, la reina le recitó una larga lista de nombres, comenzando por Melchor, Gaspar y Baltasar. Pero a cada uno que pronunciaba, él respondía:

—No, ese no es mi nombre.

Al segundo día, mandó averiguar todos los nombres extraños de la región. Obtuvo una lista de los más raros e inusuales y la leyó uno por uno cuando el hombrecillo volvió.

—¿Es acaso tu nombre Paticorto? ¿Y Paticojo? ¿No será Patizambo?

Pero él siempre replicaba:

—No, ese no es mi nombre.

Al tercer día, un mensajero regresó con noticias sorprendentes:

—No pude encontrar más nombres, pero al llegar a una colina que hay a la entrada del bosque, donde los zorros y las liebres se dan las buenas noches, vi una casita muy pequeña. Frente a ella ardía una hoguera, y alrededor bailaba el hombrecillo más extraño que haya visto. Saltaba en una sola pierna y cantaba esto:

> *Si hoy salto, mañana danzaré,*
> *pues del palacio al niño me traeré.*
> *Acudo ante la reina y lo reclamo,*
> *ignora que Rumpelstiltskin me llamo.*

Pueden imaginar la alegría de la reina al conocer el nombre del hombrecillo. Y cuando él se presentó, una vez cumplido el plazo, le preguntó:

—Muy bien, majestad, ¿cómo me llamo?

—¿Te llamas Conrado? —dijo la reina.

—No —respondió el duende, confiado.

—¿Y Enrique? —bromeó la reina.

—No.

—¿No será que te llamas Rumpelstiltskin?

El duende gritó de rabia.

—¡Algún demonio te lo ha dicho! —exclamó, y tan furioso estaba que dio una patada tan fuerte en el suelo que hundió la pierna derecha hasta la cintura. Luego trató de zafarse tirando con la pierna izquierda, pero lo hizo con tanta fuerza… ¡que se partió en dos!

DEL RATONCITO, LA PAJARITA Y LA SALCHICHA

Érase una vez un ratoncito, un pajarito y una salchicha que habían formado sociedad y un hogar. Llevaban mucho tiempo viviendo muy bien, maravillosamente en paz, y sus bienes habían aumentado admirablemente.

El trabajo del pajarito consistía en volar todos los días al bosque para traer leña. El ratón tenía que llevar el agua, encender el fuego y poner la mesa, y la salchicha debía cocinar.

¡Pero a quien le va bien siempre le apetece probar algo nuevo! Un día, el pajarito se encontró en el camino con otro pájaro y le contó, con gran entusiasmo, lo maravillosa que era su vida. Sin embargo, el otro pájaro le dijo que era un tonto, que hacía el peor trabajo mientras los otros dos disfrutaban todo el día en casa. Le explicó que, cuando el ratón encendía el fuego y traía el agua, se metía en su cuartito a descansar hasta que lo llamaban para poner la mesa. Y que la salchicha se quedaba junto a la olla mirando cómo se cocinaba todo, y que, cuando se acercaba la hora de comer, bastaba con que se pasara un poco por el puré o por la verdura para que todo quedara engrasado, salado y perfectamente preparado. Que cuando el pajarito regresaba con la leña, los tres se sentaban a cenar, y después dormían plácidamente hasta la mañana siguiente. Eso sí que era una buena vida.

Al día siguiente, el pajarito, influenciado por lo que le había dicho el otro, se negó a volver al bosque. Dijo que ya había hecho bastante de criado, que lo habían tomado por tonto y que ahora debían cambiar de tareas y probar de otra manera. Por más que el ratón y la salchicha le rogaron que no lo hiciera, el pajarito se salió con la suya. Lo echaron a suertes y, al final, a la salchicha le tocó ir por leña, al ratón cocinar, y al pajarito traer el agua.

¿Y qué pasó? Pues la salchicha se fue a buscar la leña, el pajarito encendió el fuego y el ratón puso la olla. Los dos se quedaron esperando a que la salchicha regresara con la leña para el día siguiente. Pero pasaba el tiempo y la salchicha no volvía, así que comenzaron a preocuparse. El pajarito salió a buscarla, y no muy lejos se encontró con un perro en el camino. El animal le contó que había atrapado a la pobre salchicha y la había matado. El pajarito protestó con fuerza, acusando al perro de haber cometido un crimen injusto, pero no logró nada. El perro se justificó diciendo que había encontrado cartas falsas en poder de la salchicha y que por eso la había castigado.

El pajarito, muy triste, recogió la leña y regresó a casa. Contó lo que había visto y oído. Ambos estaban afligidos, pero decidieron poner todo su empeño en salir adelante y seguir viviendo juntos.

Así que el pajarito puso la mesa y el ratón se encargó de preparar la comida. Como había visto hacer antes a la salchicha, se metió en la olla para remover la verdura y darle sabor. Pero apenas había comenzado, el calor fue tanto que no aguantó más, y murió allí mismo, dejando su pellejo y su vida en la olla.

Cuando el pajarito fue a servir la comida, no encontró al cocinero por ningún lado. Confundido, tiró la leña por todas partes, buscó al ratón, lo llamó... pero fue en vano. Por descuido, el fuego alcanzó la leña y provocó un incendio. El pajarito salió volando a buscar agua, pero al intentar sacar el cubo del pozo, este se le cayó, y al tratar de recuperarlo, también cayó él... y se ahogó.

DIOS TE SOCORRA

Había una vez dos hermanas. Una de ellas era rica y no tenía hijos; la otra era viuda, con cinco niños, y tan pobre que ni siquiera tenía pan para alimentar a su familia. Obligada por la necesidad, fue a ver a su hermana y le dijo:

—Mis hijos se están muriendo de hambre. Tú eres rica, dame un pedazo de pan.

Pero la rica, que tenía el corazón de piedra, le contestó:

—No hay pan en casa.

Y la despidió con dureza.

Unas horas más tarde, el esposo de la hermana rica regresó a casa y, al comenzar a partir el pan para comer, se sorprendió al ver que, conforme lo cortaba, de él salían gotas de sangre. Su esposa, asustada, le contó todo lo que había pasado. Él se apresuró a socorrer a la pobre viuda y le llevó toda la comida que había preparada.

Cuando regresaba a su casa, oyó un estruendo enorme y vio una nube de humo y fuego que se elevaba hacia el cielo. Su casa estaba en llamas. Perdió todas sus riquezas en el incendio.

Su cruel esposa, lanzando gritos de rabia, decía:

—¡Nos moriremos de hambre!

—Dios socorre a los pobres —le respondió su buena hermana, que corrió a su lado.

La que había sido rica tuvo que mendigar también, pero nadie sintió compasión por ella. Su hermana, olvidando la crueldad pasada, compartía con ella las limosnas que recibía.

EL AHIJADO DE LA MUERTE

Un pobre hombre tenía doce hijos y necesitaba trabajar día y noche para poder darles pan. Cuando nació el decimotercer, no supo qué hacer con tanta necesidad. Corrió a la carretera y quiso pedirle al primero que encontrara que fuera el padrino de su hijo.

El primero que encontró fue a Dios. Él ya sabía lo que angustiaba al hombre y le dijo:

—Pobre hombre, me das pena. Yo seré el padrino, cuidaré de tu hijo y lo haré feliz en la tierra.

El hombre preguntó:

—¿Quién eres tú?

—Yo soy Dios.

—Entonces no te quiero como compadre —respondió el hombre—. Tú le das a los ricos y dejas que los pobres pasen hambre.

Esto lo dijo porque ignoraba cuán sabiamente reparte Dios la pobreza y la riqueza. Así que se alejó y continuó su camino.

Entonces se le acercó el diablo y le preguntó:

—¿Qué buscas? Si me aceptas como padrino de tu hijo, le daré oro en abundancia y todos los placeres del mundo.

El hombre preguntó:

—¿Quién eres tú?

—Yo soy el demonio.

—Tampoco te quiero como compadre —dijo el hombre—. Tú engañas y corrompes a las personas.

Siguió su camino, y entonces apareció la Muerte. Se acercó a él y le dijo:

—¿Quieres que sea el padrino de tu hijo?

El hombre preguntó:

—¿Quién eres tú?

—Yo soy la Muerte, la que trata a todos por igual.

—Tú eres la indicada —respondió el hombre—. Te llevas tanto a ricos como a pobres sin hacer distinción; tú serás el padrino.

La Muerte dijo:

—Haré que tu hijo sea rico y famoso, porque quien me tiene como amiga no carece de nada.

—El próximo domingo es el bautizo —dijo el hombre—, así que procura llegar a tiempo.

La Muerte cumplió con su palabra y fue una buena madrina.

Cuando el muchacho creció, se le apareció y le dijo que la acompañara. Lo llevó al bosque, le mostró una hierba que crecía allí y le dijo:

—Ahora recibirás tu regalo como ahijado. Te convertiré en un médico famoso. Cada vez que te llamen para ver a un enfermo, yo estaré presente. Si me ves a la cabecera del enfermo, puedes hablar con seguridad y decir que se curará; le das esta hierba y sanará. Pero si me ves a los pies del enfermo, entonces me pertenece, y tienes que decir que ya no hay nada que hacer, que ningún médico en el mundo puede salvarlo.

No pasó mucho tiempo para que el joven se hiciera famoso como médico. "Con sólo ver al enfermo, ya sabe si vivirá o morirá", decían de él. Gente de todos lados llegaba a consultarlo; le llevaban enfermos y le pagaban tanto oro que pronto se volvió rico.

Entonces sucedió que el rey cayó gravemente enfermo. Llamaron al médico para que dijera si era posible salvarlo. Cuando llegó a la cama del rey, vio que la Muerte estaba a los pies, y supo que no había ninguna esperanza de curación.

"Si pudiera engañar a la Muerte, aunque sea una sola vez —pensó el médico—, estoy seguro de que no se enojará. Al fin y al cabo, soy su ahijado. Hará la vista gorda... lo intentaré".

Entonces el médico tomó al enfermo y lo giró, de modo que la Muerte quedó a la cabecera. Luego le dio la hierba... y el rey se recuperó y sanó. Sin embargo, la Muerte fue a ver al médico. Tenía el rostro serio y sombrío, y, amenazándolo con el dedo, le dijo:

—Te has burlado de mí. Por esta vez te lo dejaré pasar, porque eres mi ahijado. Pero si te atreves otra vez, te agarraré por el cuello y te llevaré conmigo.

Poco después, cayó gravemente enferma la hija del rey. Era su única hija. El monarca lloraba día y noche, tanto que llegó a quedarse ciego de tanto llorar. Hizo anunciar por todo el reino que quien lograra salvarla se convertiría en su esposo y heredero de la corona.

El médico fue llamado y, al llegar junto a la cama de la princesa, vio que la Muerte estaba a sus pies. Debería haberse acordado de la advertencia de su madrina, pero la belleza de la joven y la idea de convertirse en rey lo deslumbraron. Ignoró sus pensamientos y tampoco notó que la Muerte le lanzaba miradas furiosas, levantando el brazo y amenazándolo con su huesudo puño. Tomó a la enferma, la giró y colocó su cabeza donde antes estaban sus pies. Luego le dio la hierba... y pronto las mejillas de la princesa se sonrojaron y la vida volvió a ella.

Cuando la Muerte se dio cuenta de que había sido engañada por segunda vez y le habían arrebatado lo que ya consideraba suyo, caminó con paso firme hacia el médico y le dijo:

—¡Estás perdido! Ahora te toca a ti.

Lo tomó con su mano helada, con tanta fuerza que el médico no pudo resistirse. Lo arrastró hasta una cueva subterránea. Allí, el médico vio miles y miles de luces ardiendo en hileras interminables. Había unas grandes, otras medianas, y muchas pequeñas. Algunas se apagaban cada minuto, y otras se encendían, de modo que las llamas parpadeaban sin cesar, como si saltaran de un lado a otro.

—¿Ves esto? —dijo la Muerte—. Estas son las luces de la vida de los seres humanos. Las grandes pertenecen a los niños, las medianas a personas en la plenitud de su vida, y las pequeñas a los ancianos. Pero también hay niños y jóvenes que tienen una llama muy pequeña.

—Muéstrame la luz de mi vida —pidió el médico, convencido de que sería grande.

Pero la Muerte señaló un pequeño cabito que apenas brillaba, a punto de apagarse, y le dijo:

—¿Ves? Esa es la tuya.

—¡Ay, querido padrino! —dijo el médico, con el corazón encogido—. Enciéndeme una nueva, por favor. Dame otra oportunidad para vivir, para gozar de la vida, para convertirme en rey y esposo de la hermosa princesa.

—No puedo hacerlo —respondió la Muerte—. Primero debe apagarse una llama para que otra pueda encenderse.

—Entonces... coloca la mecha vieja sobre una nueva, para que prenda enseguida cuando la mía se apague —suplicó el médico.

La Muerte fingió que iba a cumplir su deseo. Tomó una gran vela y se acercó para encenderla con la suya, pero, deseando vengarse, fingió torpeza: colocó mal la mecha... y la pequeña llama del médico se apagó.

En ese instante, el médico cayó muerto y fue directo a los brazos de la Muerte.

EL FORNIDO JUAN

Érase una vez un hombre y una mujer que tenían un hijo y vivían completamente solos en un valle muy apartado. Sucedió que un día la madre se fue a buscar leña y a recoger ramitas de pino, y se llevó consigo al pequeño Juan, que no tendría entonces más de dos años. Como era primavera y el niño se entretenía recogiendo flores, la madre se fue adentrando cada vez más en el bosque.

De pronto, salieron dos bandidos de entre la maleza, apresaron a la madre y al niño, y se los llevaron a lo más oscuro y profundo del bosque, a un lugar donde rara vez se aventuraba alguien. La pobre mujer rogó y suplicó a los ladrones que la dejaran libre con su hijito, pero aquellos hombres tenían el corazón de piedra y, sin escuchar sus súplicas ni lamentos, se la llevaron por la fuerza.

Después de dos horas de caminata penosa entre espinos y zarzas, llegaron a una roca con una puerta que se abrió cuando los bandidos llamaron. Luego recorrieron un largo y tenebroso pasadizo hasta llegar a una espaciosa cueva iluminada por un fuego que ardía en el centro. De las paredes colgaban espadas, sables y otras armas que brillaban a la luz de la hoguera. En medio de la cueva, alrededor de una mesa negra, otros bandidos jugaban, y en lo más alto del lugar se encontraba el capitán.

Al ver a la mujer, el capitán se le acercó y le dijo que no temiera, que no le harían daño, y que sólo debía encargarse de las tareas domésticas. Si mantenía todo en orden, no estaría mal. Luego le ofrecieron comida y le señalaron una cama donde se acostó con su hijo.

La mujer vivió muchos años con los bandidos. Juan creció y se volvió fuerte y robusto. Su madre le contaba historias y le enseñó a leer con un libro de caballerías que había encontrado en la cueva.

Cuando Juan cumplió nueve años, tomó una gruesa rama de abeto, la convirtió en un garrote y lo escondió detrás de su cama. Luego fue con su madre y le dijo:

—Mamá, dime de una vez quién es mi papá. Quiero saberlo, necesito saberlo.

Pero la mujer guardó silencio; no quería decirle nada, pues temía que Juan quisiera irse, y sabía bien que los bandidos no lo permitirían. Sin embargo, se le partía el corazón al pensar que su hijo no podía estar con su padre.

Esa noche, cuando los bandidos regresaron de sus fechorías, Juan sacó su garrote, se plantó frente al capitán y le dijo:

—Quiero saber quién es mi padre, y si no me lo dices, te derribo a golpes.

El capitán soltó una carcajada y le dio una bofetada tan fuerte que lo lanzó debajo de la mesa. Juan se levantó sin decir una palabra y pensó:

«Esperaré otro año y volveré a intentarlo. Tal vez me vaya mejor».

Un año después, Juan volvió a sacar su garrote, lo sacudió y pensó: «Es un buen garrote, y muy fuerte».

Al anochecer, cuando los bandidos regresaron y se pusieron a beber, vaciando jarros uno tras otro hasta quedarse medio dormidos, Juanito sacó su estaca, se plantó otra vez ante el capitán y le preguntó quién era su padre. El hombre respondió con otra bofetada, tan fuerte como la anterior, que lo volvió a mandar debajo de la mesa.

Pero esta vez Juan se levantó al instante, y sin decir una palabra, empezó a repartir golpes con el garrote sobre el capitán y los demás bandidos, dejándolos a todos incapaces de mover brazos ni piernas.

Desde un rincón, su madre miraba, asombrada de la fuerza y valentía de su hijo. Cuando Juan terminó su tarea, fue hacia ella y le dijo:

—Esta vez fue en serio. Ahora sí quiero saber quién es mi papá.

—Mi querido Juan —respondió la madre—, vamos a buscarlo juntos hasta que lo encontremos.

Le quitaron al capitán la llave de la puerta, y Juan tomó un saco harinero, lo llenó de oro, plata y otras cosas valiosas, se lo cargó al hombro y salieron de la cueva.

¡Qué ojos puso el niño al salir de las tinieblas y ver el bosque verde, las flores, los pájaros y el sol brillando en el cielo! Se quedó inmóvil, asombrado, como si no estuviera en sus cabales.

La madre encontró el camino de regreso, y después de caminar un par de horas, llegaron felices a su valle solitario y a su pequeña casa. El padre, que estaba sentado en la puerta, lloró de alegría al reconocer a su esposa y saber que aquel joven alto y fuerte era su hijo, pues los había dado por muertos hacía muchos años.

A pesar de que Juan sólo tenía doce años, ya le sacaba una cabeza a su padre.

Entraron los tres en la casa, y cuando Juan dejó el saco en el suelo, la construcción entera crujió; el banco se rompió, se hundió el piso, y el saco pesado cayó hasta la bodega.

—¡Dios nos guarde! —exclamó el padre—. ¿Qué es esto? ¡Vas a derrumbar la casa!

—No te preocupes, papá —respondió Juan—. Aquí hay suficiente dinero para construir una nueva.

Padre e hijo se pusieron manos a la obra y construyeron una casa más grande. Compraron tierras, ganado, y comenzaron a trabajarlas. Juan araba los campos, y cuando guiaba el arado y hundía la reja en la tierra, los bueyes apenas necesitaban jalar, tal era su fuerza.

Al llegar la primavera, Juan le dijo a su padre:

—Guarda todo el dinero, y hazme un bastón que pese un quintal. Quiero salir a conocer el mundo.

Cuando tuvo el bastón, se despidió de sus padres y se puso en camino.

Al llegar a un bosque espeso y oscuro, escuchó de pronto unos crujidos. Miró a su alrededor y vio un abeto completamente torcido desde la raíz hasta la copa. Al alzar la vista, distinguió a un tipo gigantesco que abrazaba el árbol, retorciéndolo como si fuera una rama de mimbre.

—¡Eh, tú! —gritó Juan—. ¿Qué estás haciendo ahí arriba?

—Ayer recogí un haz de leña —respondió el otro—, y ahora hago una cuerda para atarlo.

«Este tipo me agrada —pensó Juanito—; es fuerte», y le dijo:

—Deja eso y ven conmigo.

Cuando el hombre bajó del árbol, resultó que le sacaba a Juan toda la cabeza, ¡y eso que Juan no era bajo!

—Desde ahora te llamarás Tuercepinos —le dijo el muchacho.

Siguieron su camino, y después de andar un trecho, comenzaron a oír unos golpes y martillazos tan fuertes que el suelo temblaba con cada uno. No tardaron en llegar a una enorme roca, que un gigante golpeaba con los puños, arrancando grandes pedazos con cada golpe. Juan le preguntó qué estaba haciendo, y el gigante respondió:

—Cuando me echo a dormir por la noche, los osos, lobos y otras alimañas merodean alrededor y no me dejan descansar. Por eso quiero construirme una casa donde pueda refugiarme tranquilo.

«Este también me puede servir», pensó Juan, y le dijo:

—Deja la casa y ven conmigo; te llamarás Desmoronarrocas.

El gigante aceptó, y los tres continuaron caminando por el bosque. Por donde pasaban, los animales salvajes huían asustados. Al anochecer llegaron a un castillo abandonado; entraron y durmieron en el gran salón.

A la mañana siguiente, Juan salió al jardín, que también estaba descuidado e invadido de espinos y matorrales. De repente, un jabalí lo atacó, pero él lo derribó de un estacazo, se lo cargó al hombro y lo llevó al castillo. Allí lo asaron y prepararon una sabrosa comida que los dejó a los tres de buen humor. Entonces acordaron que, cada día, dos saldrían de caza y uno se quedaría a cocinar, asignando nueve libras de carne por cabeza.

El primer día le tocó quedarse a Tuercepinos, mientras Juan y Desmoronarrocas salieron a cazar.

Mientras Tuercepinos cocinaba, se presentó un enanito viejo y arrugado que le pidió un trozo de carne.

—¡Fuera de aquí, vagabundo! —le gritó el cocinero—. Tú no necesitas carne.

Pero para su sorpresa, el diminuto enano se le echó encima y lo golpeó con tal fuerza que lo tiró al suelo sin darle tiempo a defenderse. Lo molió a golpes hasta quedar completamente adolorido. Cuando regresaron sus compañeros, Tuercepinos no les dijo nada del enano ni de la paliza, pensando: «Cuando les toque quedarse a ellos, van a probar de esta sopa», y sólo de imaginarlo se regocijaba.

Al día siguiente, el turno fue de Desmoronarrocas, y le pasó exactamente lo mismo: el enano lo golpeó por negarle carne. Cuando regresaron los otros, Tuercepinos se dio cuenta de que su compañero también había sido vencido, pero ambos guardaron silencio. «Que le toque a Juan también», pensaron.

Al tercer día, Juan se quedó en el castillo. Mientras cocinaba, el enano apareció y pidió un trozo de carne. Juan pensó: «Es un pobrecito, le daré un poco de mi ración para no quitarles a los otros», y le ofreció un pedazo. El enano se lo comió y pidió más, y Juan, generoso, le dio otro trozo, diciéndole que ya estaba bien servido. Pero el enano pidió por tercera vez.

—Eres un descarado —le respondió Juan—. Ya te di bastante.

Entonces el enano quiso atacarlo, como había hecho con los otros, pero se llevó una gran sorpresa. Juan le dio unos buenos golpes que lo hicieron rodar escaleras abajo. Juan intentó seguirlo, pero resbaló y cayó también; al levantarse, vio que el enano ya estaba lejos, así que lo persiguió por el bosque hasta que lo vio meterse en una grieta de la roca. Juan memorizó el lugar y volvió al castillo.

Cuando los otros regresaron al anochecer, se sorprendieron de verlo tan tranquilo. Él les contó lo que había pasado, y ellos, avergonzados, le confesaron que también habían sido golpeados por el enano. Juan se echó a reír y les dijo:

—¡Bien merecido lo tenían por avaros! Pero es una vergüenza que dos grandotes como ustedes se dejaran pegar por un enano.

Llevaron una cuerda y una canasta a la cueva del enano, y Juan bajó al fondo. Al llegar, encontró una puerta que al abrirse dejaba ver a una joven de extraordinaria belleza, encadenada, con el enano sentado junto a ella, mirándolo con mala cara. Juan sintió compasión por la muchacha y pensó: «Debo liberarla de este monstruo». Le dio un golpe al enano con su garrote tan fuerte que lo mató de inmediato. Luego soltó las cadenas de la doncella, que no podía creer su suerte.

Ella le contó que era una princesa, hija de un rey, y que un conde la había secuestrado por no corresponder a sus pretensiones. La había encerrado allí y dejado al cuidado del enano, quien la había maltratado terriblemente.

Juan colocó a la princesa en el cesto y avisó a sus compañeros para que la subieran. Luego volvió a bajar el cesto, pero como desconfiaba de los otros, metió su bastón para probar su fidelidad. Por suerte lo hizo, pues a mitad de camino soltaron la cuerda. De haber estado él adentro, habría muerto al caer.

Ahora el problema era cómo salir. Desesperado, vagó por la cueva hasta que volvió a la cámara de la princesa. Allí notó que el enano tenía en el dedo un anillo brillante. Se lo quitó y se lo puso. Al girarlo en su dedo, de pronto escuchó un murmullo sobre su cabeza. Al mirar, vio que flotaban unos espíritus que lo saludaron como su amo y le preguntaron qué deseaba.

Sorprendido al principio, Juan ordenó que lo sacaran de la cueva. Al instante, los espíritus lo elevaron como si volara.

Cuando llegó a la superficie, no vio a nadie. Al volver al castillo, también lo encontró vacío. Tuercepinos y Desmoronarrocas habían huido, llevándose a la princesa. Juan giró el anillo, y los espíritus aparecieron nuevamente. Le informaron que sus antiguos compañeros estaban en el mar.

Juan corrió hasta la costa y vio a lo lejos un bote con sus traicioneros amigos. En un arrebato de furia, se lanzó al agua con su bastón, pero el peso lo hundía y casi se ahoga. Entonces giró el anillo y los espíritus lo llevaron al barco con la rapidez del rayo. Allí, Juan blandió su garrote, castigó a los traidores y los arrojó al mar.

Luego, él mismo tomó los remos y regresó a tierra con la princesa, a quien había salvado por segunda vez. La llevó de regreso con sus padres, y poco después se casó con ella, en medio de la alegría de todo el reino.

EL GATO CON BOTAS

Érase una vez un molinero que tenía tres hijos, su molino, un asno y un gato. Los hijos tenían que moler, el asno tenía que llevar el grano y acarrear la harina, y el gato tenía que cazar ratones. Cuando el molinero murió, los tres hijos se repartieron la herencia. El mayor heredó el molino, el segundo el asno y el tercero el gato, pues era lo único que quedaba.

Entonces se puso muy triste y se dijo a sí mismo:

"Yo soy el que ha salido peor parado. Mi hermano mayor puede moler y mi segundo hermano puede montar en su asno, pero ¿qué voy a hacer yo con el gato? Si me hago un par de guantes con su piel, ya no me quedará nada".

—Escucha —empezó a decir el gato, que lo había entendido todo—, no debes matarme solo por sacar de mi piel un par de guantes malos. Encarga que me hagan un par de botas para que pueda salir a que la gente me vea, y pronto obtendrás ayuda.

El hijo del molinero se asombró de que el gato hablara de aquella manera, pero como justo en ese momento pasaba por allí el zapatero, lo llamó y le dijo que entrara y le tomara medidas al gato para confeccionarle un par de botas. Cuando estuvieron listas, el gato se las calzó, tomó un saco y llenó el fondo de grano, pero en la boca le puso una cuerda para poder cerrarlo. Luego se lo echó a la espalda y salió por la puerta andando sobre dos patas como si fuera una persona.

Por aquellos tiempos reinaba en el país un rey al que le gustaba mucho comer perdices, pero había tal escasez que era imposible conseguir ninguna. El bosque entero estaba lleno de ellas, pero eran tan huidizas que ningún cazador podía capturarlas. Eso lo sabía el gato y se propuso hacer mejor las cosas. Cuando llegó al bosque, abrió el saco, esparció grano dentro y colocó la cuerda sobre la hierba, metiendo el cabo en un arbusto. Allí se escondió él mismo y se puso a rondar y a acechar. Pronto llegaron corriendo las perdices, encontraron el grano y se fueron metiendo en el saco una tras otra. Cuando ya había una buena cantidad dentro, el gato tiró de la cuerda, cerró el saco corriendo hacia allí y les retorció el pescuezo. Luego se echó el saco a la espalda y se fue derecho al palacio del rey.

La guardia gritó:

—¡Alto! ¿Adónde vas?

—A ver al rey —respondió sin más el gato.

—¿Estás loco? ¡Un gato a ver al rey!

—Dejen que pase —intervino otro—, que el rey a menudo se aburre y quizás el gato lo complazca con sus maullidos y ronroneos.

Cuando el gato llegó ante el rey, le hizo una reverencia y dijo:

—Mi señor, el conde —aquí dijo un nombre muy largo y distinguido— presenta sus respetos a su majestad y le envía unas perdices que acaba de cazar con lazo.

El rey se maravilló de aquellas gordísimas perdices. No cabía en sí de alegría y ordenó que metieran en el saco del gato todo el oro de su tesoro que éste pudiera cargar.

—Llévaselo a tu señor y dale además muchísimas gracias por su regalo.

El pobre hijo del molinero, sin embargo, estaba en casa sentado junto a la ventana con la cabeza apoyada en la mano, pensando que ahora se había gastado lo último que le quedaba en las botas del gato y dudando que éste fuera capaz de darle algo valioso a cambio. Entonces entró el gato, se descargó de la espalda el saco, lo desató y esparció el oro delante del molinero.

—Aquí tienes algo a cambio de las botas, y el rey te envía sus saludos y te da muchas gracias.

El molinero se puso muy contento por aquella riqueza, sin comprender todavía muy bien cómo había ido a parar allí. Pero el gato se lo contó todo mientras se quitaba las botas y luego le dijo:

—Ahora ya tienes suficiente dinero, sí, pero esto no termina aquí. Mañana me pondré otra vez mis botas y te harás aún más rico. Al rey le he dicho también que tú eras un conde.

Al día siguiente, tal como había dicho, el gato, bien calzado, salió otra vez de caza y le llevó al rey buenas piezas.

Así ocurrió todos los días, y todos los días el gato llevaba oro a casa, y el rey llegó a apreciarlo tanto que podía entrar, salir y andar por el palacio a su antojo.

Una vez estaba el gato en la cocina del rey, calentándose junto al fogón, cuando llegó el cochero maldiciendo:

—¡Que se vayan al diablo el rey y la princesa! ¡Quería ir a la taberna a beber y a jugar a las cartas, y ahora resulta que tengo que llevarlos de paseo al lago!

Cuando el gato oyó esto, se fue furtivamente a casa y le dijo a su amo:

—Si quieres convertirte en conde y ser rico, sal conmigo, vente al lago y báñate.

El molinero no supo qué contestar, pero siguió al gato. Fue con él, se desnudó por completo y se tiró al agua. El gato, por su parte, tomó la ropa, se la llevó de allí y la escondió. Apenas terminó de hacerlo, llegó el rey y el gato empezó a lamentarse con gran pesar:

—¡Ay, clementísimo rey! ¡Mi señor se estaba bañando aquí en el lago y ha venido un ladrón que le ha robado la ropa que tenía en la orilla, y ahora el señor conde está en el agua y no puede salir, y como siga mucho tiempo ahí, se resfriará y morirá!

Al oír aquello, el rey dio la voz de alto y uno de sus siervos tuvo que regresar a toda prisa a buscar ropas del rey. El señor conde se puso las lujosísimas ropas del rey y, como ya de por sí el rey le tenía afecto por las perdices que creía haber recibido de él, tuvo que sentarse a su lado en la carroza. La princesa tampoco se molestó por ello, pues el conde era joven y apuesto, y le gustaba bastante.

El gato, por su parte, se había adelantado y llegó a un gran prado donde había más de cien personas recogiendo heno.

—Eh, ¿de quién es este prado? —preguntó el gato.

—Del gran mago.

—Escuchen: el rey pasará pronto por aquí. Cuando pregunte de quién es este prado, contesten que del conde. Si no lo hacen, morirán todos.

A continuación, el gato siguió su camino y llegó a un trigal tan grande que nadie podía abarcarlo con la vista. Allí había más de doscientas personas segando.

—Eh, gente, ¿de quién es este grano?

—Del mago.

—Escuchen: el rey va a pasar ahora por aquí. Cuando pregunte de quién es este grano, contesten que del conde. Si no lo hacen, morirán todos.

Finalmente, el gato llegó a un magnífico bosque. Allí había más de trescientas personas talando los grandes robles y haciendo leña.

—Eh, gente, ¿de quién es este bosque?

—Del mago.

—Escuchen: el rey va a pasar ahora por aquí. Cuando pregunte de quién es este bosque, contesten que del conde. Si no lo hacen, morirán todos.

El gato continuó aún más adelante, y toda la gente lo siguió con la mirada. Como tenía un aspecto tan asombroso y andaba por ahí con botas, como si fuera una persona, todos se asustaban de él.

Pronto llegó al palacio del mago, entró con descaro y se presentó ante él. El mago lo miró con desprecio y le preguntó qué quería. El gato hizo una reverencia y dijo:

—He oído decir que puedes transformarte a tu antojo en cualquier animal. Si es en un perro, un zorro o también un lobo, puedo creérmelo, pero en un elefante me parece totalmente imposible. Por eso he venido, para convencerme por mí mismo.

El mago dijo, orgulloso:

—Eso para mí es una minucia.

Y en un instante se transformó en un elefante.

—Eso es mucho —dijo el gato—, pero ¿puedes transformarte también en un león?

—Eso tampoco es nada para mí —dijo el mago, que se convirtió en un león delante del gato.

El gato se hizo el sorprendido y exclamó:

—¡Es increíble, inaudito! ¡Eso no me lo hubiera imaginado ni en sueños! Pero aún más que todo eso sería si pudieras transformarte también en un animal tan pequeño como un ratón. Seguro que tú puedes hacer más cosas que cualquier otro mago del mundo, pero eso sí que será imposible para ti.

El mago, al oír aquellas dulces palabras, se puso muy amable y dijo:

—Oh, sí, querido gatito, eso también puedo hacerlo.

Y, dicho y hecho, se puso a dar saltos por la habitación convertido en ratón. El gato lo persiguió, lo atrapó de un salto y se lo comió.

El rey, por su parte, seguía paseando con el conde y la princesa, y llegó al gran prado.

—¿De quién es este heno? —preguntó el rey.

—¡Del señor conde! —exclamaron todos, tal como el gato les había ordenado.

—Ahí tienes un buen pedazo de tierra, señor conde —dijo.

Después llegaron al gran trigal.

—Eh, gente, ¿de quién es este grano?

—Del señor conde.

—¡Vaya, señor conde, grandes y bonitas tierras tienes!

A continuación, llegaron al bosque.

—Eh, gente, ¿de quién es este bosque?

—Del señor conde.

El rey se quedó aún más asombrado y dijo:

—Tienes que ser un hombre muy rico, señor conde. Yo no creo que tenga un bosque tan magnífico como este.

Al fin llegaron al palacio. El gato estaba arriba, en la escalera, y cuando la carroza se detuvo, bajó corriendo de un salto, abrió las puertas y dijo:

—Señor rey, ha llegado al palacio de mi señor, el señor conde, a quien este honor le hará feliz por el resto de su vida.

El rey se apeó y se maravilló del magnífico edificio, que era casi más grande y más hermoso que su propio palacio. El conde, por su parte, condujo a la princesa escaleras arriba hacia el salón, que deslumbraba por completo de oro y piedras preciosas.

Entonces la princesa fue prometida en matrimonio al conde, y cuando el rey murió, él se convirtió en rey. Y el gato con botas, por su parte, en primer ministro.

EL HOMBRE DE LA PIEL DE OSO

Un joven se alistó en el ejército y se portó con mucho valor, siendo siempre el primero en todas las batallas. Todo fue bien durante la guerra, pero en cuanto se hizo la paz, recibió la licencia y la orden de marcharse adonde quisiera. Como sus padres habían muerto y no tenía casa, suplicó a sus hermanos que lo admitieran en la suya hasta que volviera a empezar la guerra; pero ellos tenían el corazón muy duro y le respondieron que no podían hacer nada por él, que no servía para nada y que debía salir adelante como mejor pudiera. El pobre diablo no poseía más que su fusil; se lo echó al hombro y se marchó al azar.

Llegó a un desierto muy grande, en el que no se veía más que un círculo de árboles. Se sentó allí a la sombra, pensando con tristeza en su suerte.

—No tengo dinero, no he aprendido ningún oficio; mientras hubo guerra, pude servir al rey, pero ahora que se ha hecho la paz no sirvo para nada. Según veo, tendré que morirme de hambre.

Al mismo tiempo oyó un ruido y, al levantar los ojos, distinguió delante de sí a un desconocido vestido de verde con un traje muy lujoso, pero con un horrible pie de caballo.

—Sé lo que necesitas —le dijo el extraño—: dinero. Tendrás tanto como puedas desear, pero antes necesito saber si tienes miedo, porque no doy nada a los cobardes.

—Soldado y cobarde —respondió el joven— son dos palabras que nunca han ido juntas. Puedes someterme a la prueba que quieras.

—Pues bien —repuso el forastero—, mira detrás de ti.

El soldado se volvió y vio un enorme oso que iba a lanzarse sobre él, dando horribles gruñidos.

—¡Ah! ¡Ah! —exclamó—, voy a romperte las narices y a quitarte las ganas de gruñir. —Y echándose el fusil a la cara, le dio un balazo en las narices, y el oso cayó muerto al instante.

—Veo —dijo el forastero— que no te falta valor, pero debes cumplir además otras condiciones.

—Nada me detiene —replicó el soldado, que ya intuía con quién estaba tratando—, siempre que no se comprometa mi salvación eterna.

—Tú lo juzgarás por ti mismo —le respondió el hombre—. Durante siete años no debes lavarte ni peinarte la barba ni el pelo, ni cortarte las uñas, ni rezar. Voy a darte un vestido y una capa que llevarás durante todo este tiempo. Si mueres en ese intervalo, me perteneces; pero si sobrevives los siete años, serás libre y rico para toda tu vida.

El soldado pensó en la gran miseria a la que estaba reducido. Él, que había desafiado tantas veces la muerte, podía arriesgarse una vez más. Aceptó. El diablo se quitó su vestido verde y se lo dio, diciéndole:

—Mientras lleves puesto este vestido, cada vez que metas la mano en el bolsillo sacarás un puñado de oro.

Después quitó la piel al oso y añadió:

—Esta será tu capa y también tu cama, pues no debes tener ninguna otra, y a causa de este vestido te llamarán Piel de Oso.

El diablo desapareció enseguida.

El soldado se puso el vestido y, al meter la mano en el bolsillo, comprobó que el diablo no lo había engañado. Se echó también la piel de oso encima y se puso a recorrer el mundo, dándose buena vida y sin carecer de nada de lo que hace engordar a las personas y adelgazar al bolsillo. El primer año tenía una figura pasable, pero al segundo tenía todo el aspecto de un monstruo. Los cabellos le cubrían casi toda la cara, la barba se había mezclado con ellos, y su rostro estaba tan lleno de mugre que, si hubieran sembrado hierba en él, habría crecido con seguridad. Todo el mundo huía de él; sin embargo, como socorría a todos los pobres y les pedía que rezaran a Dios para que no muriera antes de que pasaran los siete años, y como hablaba como un hombre de bien, siempre encontraba buena acogida.

Al cuarto año entró en una posada cuyo dueño no quería recibirlo ni siquiera en la caballeriza, por temor a que asustara a los caballos. Pero cuando Piel de Oso sacó un puñado de monedas del bolsillo, el posadero se dejó convencer y le dio un cuarto en la parte trasera del patio, con la condición de que no se dejara ver, para no arruinar la reputación del establecimiento.

Una noche, Piel de Oso estaba sentado en su cuarto, deseando con todo su corazón que llegara el fin de los siete años, cuando oyó llorar en la habitación contigua. Como tenía buen corazón, abrió la puerta y vio a un anciano que sollozaba con la cabeza entre las manos. Pero, al verlo entrar, el hombre se asustó y quiso huir. Sin embargo, se tranquilizó al oír una voz humana que le hablaba, y Piel de Oso logró, con palabras amables, que le contara la causa de su disgusto. Había perdido todos sus bienes y estaba tan arruinado con sus hijas que no podía pagar al posadero, y lo iban a meter preso.

—Si no tienes otro problema —le dijo Piel de Oso—, tengo dinero de sobra para sacarte de este apuro.

Y mandando llamar al posadero, le pagó la deuda y además le dio al anciano una fuerte suma para sus necesidades.

El hombre, al verse salvado, no sabía cómo manifestar su agradecimiento.

—Ven conmigo —le dijo—. Mis hijas son un modelo de hermosura, elige una para esposa y no se negará cuando sepa lo que acabas de hacer por mí. Tu aspecto es en verdad un poco extraño, pero una mujer te reformará pronto.

Piel de Oso aceptó acompañar al anciano, pero cuando la hija mayor vio su horrible rostro, echó a correr asustada, gritando de espanto. La segunda lo miró de frente y, después de contemplarlo de arriba abajo, dijo:

—¿Cómo aceptar a un hombre que no tiene figura humana? Preferiría al oso afeitado que vi un día en la feria, vestido de húsar con pelliza y guantes blancos. Al menos solo era feo, y una podía acostumbrarse.

Pero la menor dijo:

—Querido padre, debe ser un hombre muy honrado, puesto que nos ha ayudado. Le prometiste una esposa, y es preciso cumplir tu palabra.

Por desgracia, el rostro de Piel de Oso estaba cubierto de pelo y barro, pues si no, se habría podido ver brillar la alegría que rebosó en su corazón al oír estas palabras. Quitó un anillo de su dedo, lo partió en dos, dio la mitad a su prometida y le pidió que lo guardara, mientras él conservaba la otra. En la mitad que le dio inscribió su propio nombre, y el de la joven en la que guardó para sí. Después se despidió de ella, diciendo:

—Te dejo hasta dentro de tres años. Si regreso, nos casaremos; pero si no vuelvo, es que he muerto, y entonces serás libre. Pide a Dios que me conserve la vida.

La pobre joven estaba siempre triste desde aquel día, y se le saltaban las lágrimas cada vez que se acordaba de su futuro esposo. Sus hermanas, por su parte, le dirigían las burlas más groseras.

—Ten cuidado —decía la mayor—, cuando le des la mano no te vaya a arrancar la piel con su garra.

—Desconfía de él —le decía la segunda—, los osos son aficionados a la carne blanca; si le gustás, te va a comer.

—Tendrás que hacer siempre su voluntad —añadía la mayor—, porque si no, no te faltarán gruñidos.

—Pero —añadía la segunda—, el baile de la boda será alegre; los osos bailan mucho y bien.

La pobre joven dejaba hablar a sus hermanas sin molestarse. En cuanto al hombre de la piel de oso, seguía recorriendo el mundo haciendo todo el bien que podía y repartiendo generosamente su oro entre los pobres para que rezaran por él.

Cuando por fin llegó el último día de los siete años, regresó al desierto y se colocó en la plazoleta rodeada de árboles. Soplaba un viento muy fuerte, y no tardó en aparecer el diablo, de muy mal humor; le devolvió al soldado sus viejos vestidos y le pidió que le entregara el traje verde.

—Espera —dijo Piel de Oso—, primero tenés que limpiarme.

El diablo, a regañadientes, se vio obligado a ir por agua para lavarlo, peinarle el cabello y cortarle las uñas. El joven recobró el aspecto de un bravo soldado, aún más apuesto que antes.

Piel de Oso se sintió liberado de un gran peso cuando el diablo se marchó sin atormentarlo de ningún otro modo. Volvió a la ciudad y se puso un magnífico traje de terciopelo. Luego, subió a un carruaje tirado por cuatro caballos blancos y mandó que lo llevaran a la casa de su prometida. Nadie lo reconoció; el padre lo tomó por un oficial de alto rango y lo condujo al salón donde estaban sus hijas. Las dos mayores lo invitaron a sentarse a su lado, le sirvieron una excelente comida y declararon que jamás habían visto a un caballero tan apuesto. En cuanto a su prometida, permanecía sentada enfrente, vestida de negro, con la mirada baja y sin decir una sola palabra.

El padre le preguntó finalmente si deseaba casarse con alguna de sus hijas, y las dos mayores corrieron a sus habitaciones para vestirse, cada una convencida de que sería la elegida.

El forastero se quedó solo con su prometida, sacó del bolsillo la mitad del anillo y lo dejó caer dentro de una copa de vino que le ofreció.

Cuando ella se lo llevó a los labios y vio el fragmento en el fondo del vaso, su corazón dio un vuelco de alegría.

Sacó la otra mitad, que llevaba colgada al cuello, y la acercó a la primera: encajaban perfectamente. Entonces él le dijo:

—Soy tu prometido, aquel que viste cubierto con una piel de oso. Ahora, por la gracia de Dios, he recobrado mi figura humana y he sido purificado de mis pecados.

Y tomándola en sus brazos, la abrazó con ternura justo cuando entraban sus dos hermanas, vestidas con sus trajes más lujosos. Pero al ver que aquel joven tan apuesto era para su hermana, y que era el mismo hombre de la piel de oso, se llenaron de rabia y envidia. La primera se arrojó a un pozo y la segunda se colgó de un árbol.

Esa misma noche llamaron a la puerta, y cuando el esposo fue a abrir, vio al diablo vestido de verde que le dijo:

—No salí perdiendo: perdí un alma, pero gané dos.

EL HOMBRE REJUVENECIDO

En los tiempos en que Nuestro Señor aún andaba por la tierra, entró una tarde, acompañado de San Pedro, en una herrería, donde fue recibido con hospitalidad. Un pobre mendigo, agobiado por los años y los achaques, se presentó en la puerta a pedir limosna.

San Pedro se apiadó de él y dijo:

—Señor y Maestro, por favor, cura a este hombre de sus achaques, para que pueda ganarse el pan.

Entonces Nuestro Señor respondió con dulzura:

—Herrero, préstame tu fragua y ponle carbón. Voy a rejuvenecer a este hombre viejo y enfermo.

El herrero obedeció con gusto, y San Pedro se dispuso a manejar el fuelle. Cuando el fuego estuvo encendido y resplandeciente, Nuestro Señor levantó al viejecito y lo depositó en la fragua, en medio de la ardiente hoguera. El hombre, rojo como un rosal en flor, no cesaba de alabar a Dios. Luego el Señor lo llevó al depósito de agua, introdujo en él al hombre incandescente y, una vez lo hubo enfriado adecuadamente, le impartió su bendición. Y he aquí que el anciano salió ágil, erguido y sano, como si no tuviera más de veinte años.

El herrero, que había presenciado todo, invitó a todos a cenar. Pero tenía una suegra vieja, medio ciega y jorobada, que se dirigió al rejuvenecido joven y le preguntó muy seriamente si el fuego le había quemado mucho. Él respondió que jamás en su vida se había sentido tan a gusto; que, en medio de las llamas, le había parecido estar bailando bajo un refrescante rocío.

Aquellas palabras del joven resonaron durante toda la noche en los oídos de la vieja. A la mañana siguiente, cuando Nuestro Señor se hubo marchado, después de agradecer la hospitalidad del herrero, este pensó que también podría rejuvenecer a su suegra, pues había observado muy atentamente todo el proceso, además de que el asunto estaba dentro de su oficio. Le preguntó, entonces, si no le gustaría convertirse en una jovencita de dieciocho años, para poder saltar y corretear.

—¡Con toda el alma! —respondió la vieja, recordando lo bien que la había pasado el nuevo jovenzuelo.

Así que el herrero encendió la fragua y metió a la mujer en ella; pero ella comenzó a retorcerse y a lanzar gritos desesperados.

—¡Cállate! ¿Por qué gritás y te agitás tanto? Esperá, que voy a avivar el fuego.

Y volvió a accionar el fuelle, hasta que la vieja quedó convertida en un guiñapo ardiente. Y gritaba y vociferaba tanto, que el herrero pensó: «¡Esto no va bien!», la sacó y la metió en el agua. Allí los gritos se intensificaron y llegaron a oídos de la herrera y de su nuera, quienes bajaron corriendo las escaleras y encontraron a la vieja aullando y vociferando, sumergida en la artesa, encogida como un ovillo, con el rostro arrugado y desfigurado. Las dos mujeres, que estaban embarazadas, se horrorizaron tanto ante aquel espectáculo, que esa misma noche dieron a luz dos criaturas sin figura humana, con aspecto de mono, y huyeron despavoridas al bosque. Y se dice que de ellas desciende la familia de los monos.

EL HUSO, LA LANZADERA Y LA AGUJA

Una joven se quedó huérfana poco después de nacer, y su madrina, que vivía sola en una cabaña al extremo de la aldea, sin más recursos que su lanzadera, su aguja y su huso, se la llevó consigo. Le enseñó a trabajar y la educó en la santa piedad y el temor de Dios. Cuando la niña cumplió quince años, su madrina cayó enferma y, llamándola a su lecho, le dijo:

—Querida hija, sé que voy a morir; te dejo mi cabaña, que te protegerá del viento y la lluvia, y también te lego mi huso, mi lanzadera y mi aguja, que te servirán para ganarte el pan.

Después, poniéndole la mano sobre la cabeza, la bendijo y añadió:

—Conservá a Dios en tu corazón, y llegarás a ser feliz.

Cerró enseguida los ojos, y la pobre niña acompañó su ataúd con llanto y le dio los últimos honores. Desde entonces vivió sola, trabajando con empeño, ocupándose en hilar, tejer y coser, y la bendición de la buena anciana la protegía en todo lo que hacía. Podía decirse que su provisión de hilo era inagotable, y apenas terminaba una pieza de tela o una camisa, se le presentaba un comprador que le pagaba generosamente; de modo que no solo no vivía en la miseria, sino que también podía ayudar a los pobres.

Por esa misma época, el hijo del rey comenzó a recorrer el país en busca de una mujer con quien casarse. No podía elegir a una mujer rica, pero tampoco quería una completamente pobre, por lo que decía que se casaría con quien fuera a la vez la más pobre y la más rica. Al llegar a la aldea donde vivía nuestra joven, preguntó, como solía hacer, quién era la más rica y quién la más pobre del lugar. Le señalaron enseguida a la más rica; en cuanto a la más pobre, le dijeron que era la joven que vivía sola en una cabaña a las afueras.

Cuando pasó por allí, la rica, vestida con su mejor traje, estaba parada frente a la puerta; se levantó y salió a su encuentro con una profunda reverencia. Pero el príncipe la miró sin decir palabra y siguió su camino. Llegó a la cabaña de la pobre, que no había salido a la puerta y estaba encerrada en su habitación; detuvo su caballo y miró por la ventana hacia el interior, iluminado por un rayo de sol. La joven estaba sentada frente a su rueca, hilando con gran dedicación. Alcanzó a mirar furtivamente al príncipe, pero se sonrojó y siguió hilando, bajando la vista, aunque no me atrevo a asegurar que su hilo siguiera tan parejo como antes.

Siguió trabajando hasta que el príncipe se marchó. En cuanto dejó de verlo, se levantó y abrió la ventana, diciendo:

—¡Qué calor hace aquí!

Y lo siguió con la vista mientras pudo distinguir la pluma blanca de su sombrero.

Volvió a sentarse y continuó hilando, pero no podía sacarse de la mente un refrán que su madrina repetía con frecuencia. Se puso a cantarlo:

Corre, huso, corre, a todo correr,
mira que es mi esposo y debe volver.

Y he aquí que el huso se escapó de sus manos y salió de la habitación; la joven lo miró, asombrada, y lo vio correr por los campos, dejando tras de sí un hilo de oro. Al poco rato ya estaba lejos y no podía distinguirlo. Al no tener huso, tomó la lanzadera y se puso a tejer.

El huso siguió corriendo, y cuando se le acabó el hilo, ya había llegado hasta el príncipe.

—¿Qué es esto? —exclamó el príncipe—. Este huso quiere llevarme a alguna parte.

Y dio la vuelta con su caballo, siguiendo el hilo de oro a galope tendido. Mientras tanto, la joven seguía trabajando y cantando:

Corre, lanzadera, corre tras de él,
tráeme a mi esposo, pronto tráemele.

Entonces la lanzadera se le escapó de las manos y se dirigió a la puerta; pero al cruzar el umbral, comenzó a tejer un tapiz más hermoso que cualquier otro que se hubiera visto. Estaba adornado por ambos lados con guirnaldas de rosas y lirios, y en el centro se veían pámpanos verdes sobre fondo dorado; entre el follaje se asomaban liebres y conejos, y aparecían cabezas de ciervos y corzos entre las ramas. En otras partes había pájaros de mil colores, a los que solo les faltaba cantar. La lanzadera continuaba corriendo, y el tapiz avanzaba a una velocidad prodigiosa.

Corre, aguja, corre, a todo correr,
prepáralo todo, que ya va a volver.

La aguja se escapó también de sus dedos y echó a correr por la habitación con la rapidez de un rayo. Parecía que tuviera espíritus invisibles a su servicio, pues la mesa y los bancos se cubrieron con tapetes verdes, las sillas se vistieron de terciopelo y las paredes se adornaron con colgaduras de seda.

Apenas la aguja dio la última puntada, la joven vio pasar frente a su ventana la pluma blanca del sombrero del príncipe, quien había seguido el hilo de oro hasta su cabaña. Entró, cruzando el tapiz, y llegó al cuarto donde encontró a la joven vestida como siempre, con su ropa humilde, pero hilando en medio de aquel lujo recién creado, como una rosa en medio de un matorral.

—Tú eres la más pobre y la más rica —exclamó—. Ven, serás mi esposa.

Ella le tendió la mano sin decir palabra. Él se la besó y, haciéndola subir a su caballo, la llevó a la corte, donde se celebraron sus bodas con gran alegría.

El huso, la lanzadera y la aguja se conservaron con el mayor cuidado en el tesoro real.

EL JOVEN GIGANTE

Un labrador tenía un hijo tan pequeño como un dedo pulgar. Nunca crecía, y durante muchos años su estatura no aumentó ni un solo dedo. Un día, cuando el padre iba a trabajar al campo, el pequeño le dijo:

—Padre, quiero ir contigo.

—¿Ir conmigo? —dijo el padre—. ¡Quedate aquí! Fuera de casa solo servirías para estorbar, y además podrías perderte.

Pero el enanito se echó a llorar, y, para tener paz, el padre lo metió en el bolsillo y se lo llevó consigo. Al llegar a la tierra que iba a arar, lo sentó en un surco recién abierto.

Estando allí, apareció un gigante muy grande que venía del otro lado de las montañas.

—Mirá, el coco —le dijo su padre, queriendo asustarlo para que fuera más obediente—; viene a llevarte.

Pero el gigante, que había oído aquello, llegó en dos pasos al surco, agarró al enanito y se lo llevó sin decir una palabra. El padre, mudo de asombro, no tuvo fuerzas ni siquiera para gritar. Pensó que había perdido a su hijo y no esperaba volver a verlo jamás.

El gigante se lo llevó a su casa y lo crió por sí mismo. El enanito creció de repente y llegó a tener la estatura de un gigante. Al cabo de dos años, el gigante fue con él al bosque para probar su fuerza y le dijo:

—Traeme una varilla.

El muchacho ya era tan fuerte que arrancó de la tierra un arbolito con raíces. Pero el gigante quería que creciera todavía más, así que lo llevó de nuevo con él y lo crió otros dos años. Al cabo de ese tiempo, el joven tenía tanta fuerza que arrancaba árboles viejos sin dificultad. Pero el gigante no estaba satisfecho aún; lo crió dos años más, y al cabo de ese tiempo volvió con él al bosque y le dijo:

—Traeme un palo de tamaño regular.

El joven arrancó la encina más grande del bosque, que crujió con un estruendo terrible, y todo eso le pareció solo un juego.

—Está bien —dijo el gigante—, ya terminaste tu educación.

Y lo llevó de regreso al lugar donde lo había encontrado. El padre estaba arando cuando se acercó el joven gigante y le dijo:

—Ya estoy aquí, padre, y hecho todo un hombre.

El labrador, asustado, exclamó:

—No, vos no sos mi hijo. No te quiero. Andate.

—Sí, soy tu hijo. Dejame trabajar en tu lugar. Araré tan bien o mejor que vos.

—No, no sos mi hijo. Y no sabés arar. Andate.

Pero como le tenía miedo al coloso, dejó el arado y se alejó un poco. Entonces, el joven tomó el arado con una sola mano y lo hundió en la tierra con tanta fuerza que la reja penetró profundamente. El labrador no pudo evitar gritarle:

—Si querés arar, no debés hacerlo tan profundo. Así el trabajo va a quedar mal.

El joven desenganchó los caballos y se enganchó él mismo al arado, diciendo a su padre:

—Andá a casa y decile a mamá que me prepare una buena comida. Mientras tanto, yo voy a terminar de arar esta tierra.

El labrador fue a casa y le contó todo a su esposa. Mientras tanto, el joven gigante aró toda la tierra, que tendría muy bien dos fanegas, él solo; luego la rastrilló, arrastrando dos rastrillos al mismo tiempo. Cuando terminó, fue al bosque, arrancó dos encinas, se las echó al hombro, y colgando en una los dos rastrillos y en la otra los dos caballos, lo llevó todo a casa con la misma facilidad con que se carga una paja.

Al entrar en el patio, su madre, que no lo reconocía, exclamó:

—¿Quién es ese horrible gigante?

—Es nuestro hijo —dijo el labrador.

—No —respondió ella—, nuestro hijo murió. Nunca tuvimos uno tan grande; el nuestro era muy chiquitito.

Y dirigiéndose a él:

—¡Andate! —le gritó—. No te queremos.

El joven no respondió. Llevó los caballos a la cuadra, les dio heno y avena, y los cuidó perfectamente. Luego, cuando terminó, entró a la casa, se sentó en un banco y dijo:

—Mamá, tengo hambre. ¿Está lista la comida?

—Sí —respondió ella, y puso frente a él dos platos grandes, llenos hasta el borde, que habrían bastado para que ella y su esposo comieran durante ocho días.

El joven se lo comió todo y preguntó si había algo más.

—No; eso es todo lo que tenemos.

—Eso apenas me abrió el apetito. Necesito algo más.

La madre no se atrevió a negarse. Puso al fuego una marmita enorme llena de tocino y se la dio en cuanto estuvo cocido.

—Bueno —dijo—, ahora sí se puede comer.

Y se lo tragó todo sin que se le quitara el hambre. Entonces le dijo a su padre:

—Veo que en casa no hay lo que necesito para comer. Buscame una barra de hierro bien fuerte, que no se rompa en mi rodilla, y me iré a recorrer el mundo.

El labrador estaba asombrado. Enganchó los dos caballos al carro y trajo de la fragua una barra de hierro tan grande y gruesa que apenas podían arrastrarla. El joven la tomó y la rompió en su rodilla como si fuera una ramita. Tiró los pedazos a un lado.

El padre enganchó cuatro caballos y trajo otra barra de hierro, aún más grande y fuerte que la anterior. Pero su hijo también la rompió sobre su rodilla y dijo:

—Esta tampoco sirve. Traeme una mejor.

Por último, el padre enganchó ocho caballos y trajo una barra tan enorme que apenas podían moverla entre todos. El hijo la tomó en la mano, rompió un poco de una punta y dijo:

—Ahora veo que no podés darme una barra como la que necesito. Me voy de casa.

Así fue como se hizo herrero. Llegó a una ciudad donde vivía un herrero muy avaro, que nunca daba nada a nadie y quería guardárselo todo para él. Se presentó en su fragua y le pidió trabajo. El maestro se asombró al ver un joven tan fuerte y pensó que con él daría buenos martillazos y ganaría mucho dinero.

—¿Cuánto querés de jornal? —le preguntó el herrero.

—Nada —respondió el otro—, pero cada quincena, cuando les pagués a los demás, quiero darte dos puñetazos, y quedarás obligado a recibirlos.

El avaro quedó encantado con el trato, ya que se ahorraba mucho dinero. Al día siguiente, el oficial forastero fue el primero en dar el martillazo cuando el maestro llevó una barra de hierro al rojo vivo; le dio tal golpe que el hierro se rompió y saltó, y el yunque se hundió tan profundamente en el suelo que no pudieron volver a sacarlo. El maestro, molesto, le dijo:

—No servís para el oficio, pegás demasiado fuerte. ¿Qué querés que te dé por ese golpe que diste?

—No quiero más que darte un puñetazo, uno solo.

Y le dio tal puñetazo que lo hizo volar por encima de cuatro carros de heno. Luego buscó la barra de hierro más gruesa que pudo encontrar en la fragua, y cogiéndola como si fuera un bastón, continuó su camino.

Un poco más adelante llegó a una granja y preguntó al dueño si necesitaba algún criado.

—Sí —le respondió—, necesito uno. Te ves fuerte y parece que sabés lo que hacés. Pero, ¿cuánto querés de salario?

Le respondió que no quería salario y se contentaba con darle, cada año, tres golpes que el patrón debía recibir sin chistar. El granjero, que también era muy avaro, aceptó feliz el trato.

Al día siguiente había que ir al bosque a buscar madera; los demás criados ya estaban levantados, pero el nuevo todavía seguía en la cama. Uno de ellos le gritó:

—¡Levantate, ya es hora! Vamos al bosque, tenés que venir con nosotros.

—Vayan ustedes primero —respondió con fastidio—, yo estaré de vuelta antes que ustedes.

Los otros fueron a avisarle al amo que el nuevo criado seguía acostado y no quería ir al bosque. El patrón les ordenó que lo despertaran de nuevo y le dijeran que enganchara los caballos. Pero el joven repitió:

—Vayan adelante, yo estaré en casa antes que ustedes.

Todavía durmió dos horas más. Luego se levantó, tomó dos fanegas de guisantes y se preparó un buen cocido que comió tranquilamente. Después enganchó los caballos y condujo la carreta hacia el bosque. Para llegar allí, había que pasar por un camino que cruzaba una hondonada. Primero hizo pasar la carreta, luego detuvo los caballos, volvió atrás y bloqueó el camino con árboles y maleza, de modo que nadie más pudiera pasar.

Cuando llegó al bosque, los demás volvían ya con sus carretas cargadas, y él les dijo:

—Vayan adelante, yo llegaré a casa antes que ustedes.

Sin trabajar más, arrancó dos árboles enormes, los echó a su carreta, y regresó por el mismo camino. Al encontrarlos detenidos por los árboles que él mismo había puesto para cerrar el paso, les dijo:

—Si se hubieran quedado en casa esta mañana como yo, habrían dormido una hora más y llegarían antes esta noche.

Como sus caballos no podían avanzar, los desenganchó, los puso sobre la carreta y, tomando la lanza con una mano, cargó con todo como si fuera un manojo de ramas. Al llegar al otro lado, les dijo:

—¿Ven? Yo llego mucho antes que ustedes.

Y siguió su camino sin esperarlos. Al llegar, tomó uno de los árboles en la mano y se lo mostró al amo diciendo:

—¿No es este un buen tronco?

El amo le dijo a su esposa:

—Este es un buen criado. Aunque se levante tarde, llega antes que los demás.

El joven trabajó para el granjero durante un año. Cuando los demás criados recibieron su salario, él también quiso cobrar el suyo. Pero el patrón, temeroso de los golpes acordados, le suplicó que se los perdonara y le ofreció, incluso, ser su criado y cederle la granja.

—No —respondió—, no quiero la granja. Soy un criado y quiero seguir siéndolo, pero lo acordado se cumple.

El granjero le ofreció todo lo que quisiera, pero él seguía diciendo:

—No.

Entonces el patrón pidió quince días para encontrar una solución. El joven aceptó.

El granjero reunió a sus criados y les pidió consejo. Después de pensarlo mucho, le dijeron que con un criado así nadie estaba a salvo, que podía matar a un hombre como quien aplasta una mosca. Le aconsejaron hacerlo bajar al pozo con la excusa de limpiarlo, y luego arrojarle encima unas piedras de molino que había cerca, para matarlo de una vez.

Al patrón le gustó la idea, y el joven bajó al pozo sin sospechar nada. En cuanto estuvo en el fondo, le arrojaron aquellas enormes piedras, creyendo que le destrozarían la cabeza. Pero él gritó desde abajo:

—¡Echen esas gallinas de ahí! Están rascando en la arena y me cae en los ojos. ¡Me han cegado!

El patrón hizo "¡spcha! ¡spcha!", como si espantara a las gallinas. Cuando el joven subió, dijo:

—Mirá qué collar tan lindo.

Era la piedra más grande, colgada alrededor de su cuello.

El criado seguía exigiendo su salario, pero el patrón le pidió otros quince días, decidido a pensar en otra solución. Sus criados le aconsejaron enviarlo al molino encantado a moler trigo de noche, ya que nadie había salido vivo de allí. Al patrón le gustó el plan y de inmediato mandó al joven al molino con ocho fanegas de trigo, porque ya hacía falta la harina.

El joven metió dos fanegas en su bolsillo derecho, dos en el izquierdo, y se cargó cuatro en una alforja —dos por delante y dos por detrás—, y se fue corriendo al molino. El molinero le dijo que podía moler de día, que de noche nadie lo hacía, porque todos los que lo intentaban aparecían muertos al amanecer.

—No moriré yo. Váyanse a acostar y duerman tranquilos.

Y entrando al molino, empezó a moler el trigo como si nada.

Hacia las once de la noche entró en el cuarto del molinero y se sentó en un banco. Al cabo de un momento, la puerta se abrió sola y entró una mesa muy grande, sobre la que empezaron a colocarse platos y botellas llenos de manjares exquisitos, sin que nadie apareciera para servirlos. Los taburetes se acomodaron también alrededor de la mesa sin que se viera a nadie, aunque el joven alcanzó a notar que unos dedos —sin mano ni cuerpo— iban y venían entre los platos, usando cuchillos y tenedores.

Como tenía hambre y los olores eran tentadores, se sentó a la mesa y comió con buen apetito. Cuando terminó de cenar, y los platos vacíos indicaban que los invisibles también habían terminado, oyó claramente cómo apagaban las luces, y todas se apagaron al instante.

Entonces, en la oscuridad, sintió en la mejilla algo como un bofetón, y dijo en voz alta:

—Si empezás, yo también empiezo.

Recibió, sin embargo, un segundo golpe, y entonces devolvió el suyo.

Los bofetones iban y venían durante toda la noche, y el joven gigante no se quedó atrás. Al amanecer, todo cesó. Llegó el molinero y se sorprendió de encontrarlo con vida.

—Me di un buen banquete —dijo el gigante—. Recibí bofetones, pero también repartí los míos.

El molinero se puso muy contento, porque el molino había quedado desencantado, y quiso recompensarlo con una gran cantidad de dinero.

—No quiero dinero —le respondió—. Tengo más del que necesito.

Y echándose los sacos de harina al hombro, regresó a la granja y le dijo al arrendatario que había cumplido con su encargo y que ahora quería recibir su salario.

El arrendatario estaba aterrorizado; no podía quedarse quieto, caminaba de un lado a otro del cuarto, y el sudor le corría por la cara. Abrió la ventana para tomar aire, pero antes de poder reaccionar, el joven le dio un puntillazo que lo hizo salir volando por la ventana y elevarse por los aires hasta que desapareció de vista.

Entonces el criado dijo a la esposa del arrendatario:

—Ahora te toca a vos, porque tu marido no pudo recibir el segundo golpe.

Pero ella exclamó:

—¡No, no! A las mujeres no se les golpea.

Y abrió la otra ventana porque también sudaba a mares. Pero al hacerlo, recibió un puntillazo que la hizo salir volando por los aires aún más alto que su esposo, porque era mucho más liviana.

Su marido le gritaba:

—¡Vení conmigo!

Y ella le respondía:

—¡Vení vos, que yo no puedo ir!

Y así continuaron flotando en el aire sin poder alcanzarse, y tal vez todavía anden por ahí arriba.

En cuanto al joven gigante, tomó su barra de hierro y se puso nuevamente en camino.

EL PÁJARO EMPLUMADO

Érase una vez un maestro de brujos que tomaba la figura de un pobre hombre y se presentaba en las puertas de las casas pidiendo limosna, para luego atrapar a las jóvenes hermosas. Nadie sabía a dónde las llevaba, pues nunca volvían a aparecer en público.

Una vez se presentó en la puerta de un hombre que tenía tres hijas muy hermosas. Iba disfrazado como un pordiosero débil y andrajoso, y cargaba en la espalda un capacho, como si lo usara para guardar las limosnas. Pidió un poco de comida, y cuando salió la hija mayor a darle un pedazo de pan, apenas la rozó y ella se vio obligada a saltar dentro del capacho. Acto seguido, se alejó a grandes pasos y la llevó a su casa, ubicada en medio de un bosque oscuro.

En la casa todo era lujoso. Le dio todo lo que ella quisiera y le dijo:

—Tesoro mío, estarás muy a gusto aquí. Tenés todo lo que tu corazón pueda desear.

Esto duró algunos días, hasta que el brujo le dijo:

—Tengo que salir de viaje y dejarte sola por un tiempo. Podés recorrer toda la casa y ver todo, excepto la habitación que abre esta pequeña llave: te lo prohíbo a vida o muerte.

También le entregó un huevo y le advirtió:

—Cuídame bien este huevo y llévalo siempre con vos. Si se pierde, ocurrirá una gran desgracia.

Ella tomó la llave y el huevo y prometió cumplir con todo. Apenas el brujo se fue, recorrió la casa de arriba abajo, curioseando cada rincón. Las habitaciones brillaban como oro y plata, y pensaba que nunca había visto tanto lujo.

Finalmente llegó a la puerta prohibida. Intentó pasar de largo, pero la curiosidad no la dejaba tranquila. Miró la llave, que parecía igual a todas, la metió en la cerradura, giró un poco... y la puerta se abrió de golpe.

¿Y qué fue lo que vio al entrar? Una gran palangana ensangrentada, y dentro de ella cuerpos descuartizados. A un lado había un bloque de madera, y encima, un hacha brillante. Se asustó tanto que el huevo que llevaba en la mano cayó dentro. Lo sacó y trató de limpiarlo, pero la sangre volvía a aparecer una y otra vez. No importaba cuánto lo limpiara o rascara, la mancha no desaparecía.

Poco después, el brujo regresó de su viaje, y lo primero que exigió fue la llave y el huevo. Ella se los dio, temblando. Al ver las manchas de sangre, supo que había entrado a la cámara prohibida.

—Ya que desobedeciste mi voluntad —dijo—, ahora volverás allí en contra de la tuya. Tu vida ha terminado.

La tiró al suelo, la arrastró por los cabellos hasta la cámara, le cortó la cabeza sobre el bloque de madera y la descuartizó, hasta que su sangre corrió por el suelo. Luego arrojó los restos a la palangana.

—Ahora me traeré a la segunda —dijo el brujo.

Y, con el mismo disfraz de pobre, volvió a la casa y pidió limosna. La segunda hija le dio un pedazo de pan, y al tocarla, también fue obligada a saltar al capacho. La llevó a su casa, le dio el huevo y la llave, y se marchó. Pero a ella le fue igual que a la hermana: la curiosidad la venció, miró dentro de la cámara sangrienta y, al regresar el brujo, pagó con su vida.

Entonces volvió por la tercera hermana, que era inteligente y astuta. Cuando el brujo le dio el huevo y la llave y se fue, ella guardó cuidadosamente el huevo, recorrió la casa y fue hasta la cámara prohibida. ¡Y lo que vio le heló la sangre! Allí estaban sus dos hermanas queridas, descuartizadas en la palangana. Entonces reunió sus restos, los colocó en su lugar —cabeza, cuerpo, brazos y piernas— y cuando todo estuvo completo, los miembros empezaron a moverse. Las dos hermanas abrieron los ojos y volvieron a la vida. Llenas de alegría, se besaron y se abrazaron.

Cuando el brujo regresó, pidió la llave y el huevo. Al ver que no tenían ni una mancha, dijo:

—Has pasado la prueba. Serás mi prometida.

Ya no tenía poder sobre ella, y debía hacer lo que ella quisiera.

—Muy bien —le dijo la joven—, ahora llevá este cesto lleno de oro a mis padres. Cargalo en la espalda y no te detengas por el camino. Yo prepararé la boda mientras tanto.

Corrió entonces al lugar donde estaban sus hermanas, a quienes había escondido en una salita, y les dijo:

—Llegó el momento de salvarlas. El villano mismo las llevará a casa. Cuando lleguen, mándenme ayuda.

Las metió en el cesto y las cubrió totalmente de oro, de manera que no se veía nada. Luego llamó al brujo y le dijo:

—Bueno, llevá este cesto, pero no te detengás. Te estaré mirando desde mi ventana con mucha atención.

El brujo cargó el cesto y partió. Pero pesaba tanto, que el sudor le corría por la frente. Entonces se sentó a descansar, y en ese momento una voz desde dentro del cesto dijo:

—Te estoy viendo desde mi ventana. ¡Dejá de descansar y seguí caminando!

Él creyó que era la novia quien le hablaba y siguió andando. Volvió a sentarse, y de nuevo escuchó:

—Te estoy viendo desde mi ventana. ¿Vas a seguir o qué?

Cada vez que intentaba descansar, oía la misma voz, y no le quedó más remedio que seguir hasta que, jadeando y sin aliento, llegó a casa de los padres con el cesto de oro y las dos hermanas.

Mientras tanto, la novia preparaba la boda e hizo invitar a los amigos del brujo. Luego tomó una cabeza de muerto con dientes enormes como los de un conejo, la adornó con una corona de flores y la colocó en la buhardilla, de modo que se viera desde afuera. Cuando todo estuvo listo, se metió en un barril lleno de miel, deshizo su edredón de plumas y se revolcó hasta quedar como un pájaro extraño, irreconocible. Luego salió de la casa y en el camino se topó con algunos de los invitados a la boda, que le preguntaron:

—¿De dónde venís, pájaro emplumado?

—Vengo de la casa de Don Alón Alado.

—¿Y qué hace la novia?

—Ha limpiado la mansión y mira desde el balcón.

Después se encontró con su prometido, que regresaba lentamente, y también le preguntó:

—¿De dónde venís, pájaro emplumado?

—Vengo de la casa de Don Alón Alado.

—¿Y qué hace mi novia?

—Ha limpiado la mansión y mira desde el balcón.

El brujo miró hacia arriba, vio la cabeza adornada, creyó que era su prometida y le hizo señas con cariño.

Cuando él y los invitados llegaron a la casa, aparecieron los hermanos y parientes de la novia, que habían sido enviados para rescatarla. Cerraron todas las puertas para que nadie escapara y prendieron fuego a la casa. El brujo y sus malvados amigos ardieron juntos en las llamas.

EL PIOJITO Y LA PULGUITA

Un piojito y una pulguita vivían juntos en el mismo hogar y estaban fabricando cerveza en una cáscara de huevo. Entonces, el piojito cayó dentro y se abrasó. La pulguita, al verlo, se puso a gritar. La pequeña puerta del cuarto preguntó:

—¿Por qué gritás, pulguita?

—Porque el piojito se ha abrasado.

Entonces la puertecita empezó a chirriar. En un rincón habló una escobita:

—¿Por qué chirriás, puertecita?

—¿Y cómo no voy a chirriar, si el piojito se ha abrasado y la pulguita está llorando?

Entonces la escobita se puso a barrer terriblemente. Pasó por allí un carrito y preguntó:

—¿Por qué barrés, escobita?

—¿Y cómo no voy a barrer, si el piojito se ha abrasado, la pulguita está llorando y la puertecita está chirriando?

El carrito dijo entonces que iba a correr terriblemente, y se puso a correr terriblemente. Pasó corriendo junto a un montoncito de estiércol, y este preguntó:

—¿Por qué corrés, carrito?

—¿Y cómo no voy a correr, si el piojito se ha abrasado, la pulguita está llorando, la puertecita chirriando y la escobita barriendo?

El montoncito de estiércol dijo entonces que iba a empezar a arder, y se puso a arder terriblemente. Cerca de allí había un arbolito, que preguntó:

—Montoncito de estiércol, ¿por qué ardés?

—¿Y cómo no voy a arder, si el piojito se ha abrasado, la pulguita está llorando, la puertecita chirriando, la escobita barriendo y el carrito corriendo?

Entonces el arbolito dijo que se iba a sacudir, y se sacudió y perdió todas sus hojas. Aquello lo vio una muchachita que llevaba un cantarito, y preguntó:

—Arbolito, ¿por qué te sacudís?

—¿Y cómo no me voy a sacudir, si el piojito se ha abrasado, la pulguita está llorando, la puertecita chirriando, la escobita barriendo, el carrito corriendo y el montoncito de estiércol ardiendo?

La muchachita dijo entonces que iba a hacer pedazos su cantarito, y lo hizo pedazos.

—Muchachita, ¿por qué hiciste pedazos tu cantarito? —preguntó una fuentecita.

—¿Y cómo no voy a hacer pedazos mi cantarito, si el piojito se ha abrasado, la pulguita está llorando, la puertecita chirriando, la escobita barriendo, el carrito corriendo, el montoncito de estiércol ardiendo y el arbolito sacudiéndose?

—Ay —dijo la fuentecita—, pues entonces yo me voy a desaguar.

Y se puso a desaguarse tan terriblemente, que se ahogaron todos: la muchachita, el arbolito, el montoncito de estiércol, el carrito, la escobita, la pulguita y el piojito.

EL VIAJE DE PULGARCITO

Un sastre tenía un hijo que había nacido tan pequeño, que no era más grande que un pulgar. Por eso lo llamaban Pulgarcito. Era valiente y un día le dijo a su padre:

—Padre, debo y quiero salir al mundo.

—Está bien, hijo mío. Llevate una aguja de zurcir y hacé un nudo en el ojo con lacre; así tendrás una espada para el camino.

Antes de partir, el pequeño quiso compartir una última comida con su familia. Saltando, fue a la cocina para ver qué cosa rica había preparado su mamá. La comida acababa de hacerse y la fuente estaba sobre el fogón.

—Mamá, ¿qué hay hoy de comida? —preguntó.

—Mirá vos mismo —respondió ella.

Pulgarcito saltó al fogón y miró dentro de la fuente, pero al estirar tanto el cuello, el vapor de la comida lo alcanzó y lo lanzó fuera de la chimenea. Durante un rato viajó sobre el vapor por los aires hasta que finalmente cayó en tierra. ¡Por fin estaba fuera, en el ancho mundo!

Vagabundeó un poco y entró a trabajar en la casa de una maestra, pero la comida no le agradaba demasiado.

—Señora maestra, si no me da una comida mejor —dijo Pulgarcito—, me iré y mañana escribiré: "Mucha papa, poca carne. Adiós, señora reina de las papas."

—¿Qué más querés, saltamontes? —dijo la maestra, enojada.

Agarró un trapo y quiso pegarle, pero el pequeño Pulgarcito se arrastró ágilmente hasta esconderse debajo del dedal, desde donde la miraba sacándole la lengua. Ella levantó el dedal para atraparlo, pero él saltó al trapo, y cuando ella lo desdobló para buscarlo, se metió en una grieta de la mesa.

—¡Eh, eh, señora maestra! —gritaba, sacando la cabeza. Y cuando ella quería darle, él se escondía en el cajón. Finalmente, lo atrapó y lo echó de la casa.

Pulgarcito siguió su camino y llegó a un gran bosque. Allí encontró una banda de bandidos que planeaban robar los tesoros del rey. Al verlo, pensaron: "Este muchachito puede meterse por una cerradura y servirnos de llave."

—Oíme vos, gigante Goliat —gritó uno—. ¿Querés venir con nosotros a la cámara del tesoro? Podés deslizarte adentro y echarnos el dinero.

Pulgarcito lo pensó y finalmente aceptó. Lo llevaron hasta la cámara del tesoro. Él inspeccionó la puerta y encontró una grieta por donde pudo pasar. Quiso entrar, pero uno de los centinelas lo vio y le dijo al otro:

—¿Qué clase de araña espantosa se arrastra ahí? La voy a pisar.

—Dejala en paz —dijo el otro—, no te ha hecho nada.

Pulgarcito logró entrar felizmente a la cámara del tesoro, abrió una ventana que daba al exterior y comenzó a lanzar los táleros uno tras otro a los bandidos. Estaba en plena tarea cuando llegó el rey para revisar el tesoro, y el pequeño se escondió rápidamente.

El rey notó que faltaba mucho dinero, pero como la cerradura y el cerrojo estaban intactos, no entendía cómo había sucedido. Se fue, y les ordenó a los centinelas:

—Presten atención: hay alguien detrás del dinero.

Cuando Pulgarcito reanudó su trabajo, los vigilantes oyeron el sonido de las monedas: clinc, clinc, clinc. Entraron rápidamente, pero él fue más veloz. Saltó a una esquina y se cubrió con un tálero, burlándose:

—¡Aquí estoy!

Corrían hacia él, pero cuando llegaban ya estaba en otra esquina, escondido bajo otra moneda:

—¡Eh, eh, estoy aquí!

Y así los mareó, corriendo de esquina en esquina hasta que se cansaron y se fueron. Entonces Pulgarcito lanzó las últimas monedas, y con la última saltó también, sentado sobre ella, volando por la ventana.

Los bandidos lo aclamaron:

—¡Sos un verdadero héroe! ¿Querés ser nuestro capitán?

Pulgarcito agradeció, pero les dijo que primero quería conocer el mundo. Se repartieron el botín, y él pidió solo un cruzado, que era todo lo que podía cargar.

Luego se ató nuevamente la aguja-espada al cuerpo, se despidió y siguió su camino. Entró de aprendiz en casa de algunos maestros, pero no le gustaba el trabajo. Finalmente, fue a servir como mozo en un parador. Las criadas no lo soportaban, porque él, aunque nadie lo viera, veía todo lo que hacían a escondidas y les contaba a los dueños lo que se robaban de los platos y del sótano.

—Esperá nomás, ya vas a ver —dijeron, y planearon darle un escarmiento.

Un día, una de las muchachas estaba segando en el jardín y vio a Pulgarcito saltando entre las hierbas. Lo segó junto con la hierba, lo envolvió en un paño y se lo dio de comer en secreto a las vacas. Una de ellas, grande y negra, se lo tragó sin masticar.

Adentro no le gustó, estaba muy oscuro y no había luz. Cuando ordeñaban a la vaca, Pulgarcito gritaba:

—¡Glup, glup, glup! ¿Se llenará pronto el balde?

Pero con el ruido de la ordeña, nadie lo oía. Poco después, el patrón entró al establo y dijo:

—Mañana vamos a matar esta vaca.

Pulgarcito sintió miedo y gritó fuerte:

—¡Déjenme salir, estoy adentro!

El patrón lo oyó, pero no sabía de dónde venía la voz.

—¿Dónde estás?

—En la negra —respondió, pero el hombre no entendió y se fue.

A la mañana siguiente sacrificaron a la vaca. Por suerte, ningún cuchillo lo alcanzó. Sin embargo, fue a dar a la carne que usarían para hacer embutido. Cuando llegó el carnicero y empezó su trabajo, gritó con fuerza:

—¡No piqués tan hondo, que estoy en el fondo!

Pero nadie lo escuchó. Lleno de angustia, reunió fuerzas y saltó entre los cuchillos sin que lo tocaran. Logró escaparse, pero no había salida: tuvo que dejarse embutir con los trozos de carne y tocino dentro de una butifarra. El lugar era estrecho y oscuro, y lo colgaron en la chimenea para ahumarlo. El tiempo se le hacía eterno.

Finalmente, en invierno bajaron el embutido para dárselo a un cliente. La señora posadera empezó a cortar el chorizo en rodajas, y Pulgarcito, con mucho cuidado, esperó el momento justo. Cuando lo vio, se hizo espacio y saltó fuera.

Ya no quería quedarse más en una casa donde lo habían tratado tan mal, así que siguió su camino. Pero su suerte no duró mucho. En el campo, se cruzó con un zorro que lo tragó de un bocado.

—¡Eh, señor zorro! —gritó Pulgarcito—. ¡Estoy en tu garganta, dejame salir!

—Tenés razón —respondió el zorro—. De vos no saco gran cosa. Prometeme las gallinas de la granja de tu padre y te dejo libre.

—Con todo gusto —dijo Pulgarcito—. Te las prometo solemnemente.

Entonces el zorro lo liberó y lo acompañó hasta su casa.

Cuando el padre vio a su hijo, se alegró tanto que le entregó gustosamente al zorro todas sus gallinas.

—A cambio te traigo una buena pieza de oro —dijo Pulgarcito, y le entregó el cruzado que había ganado en su viaje—. Pero papá, ¿cómo pudiste darle al zorro nuestras pobres gallinas para que se las comiera?

—¡Ay, hijo! —respondió el padre—. Para un padre, siempre será más querido su hijo que todas las gallinas del corral.

EL VIEJO SULTÁN

Un campesino tenía un perro fiel que se llamaba Sultán. El animal se había hecho viejo, había perdido todos los dientes y ya no podía morder con fuerza.

Un día, el campesino estaba con su esposa frente a la puerta de su casa y dijo:

—Al viejo Sultán lo mataré mañana de un tiro; ya no sirve para nada.

La mujer, que sintió compasión por el fiel animal, respondió:

—Después de habernos servido tantos años y haber sido tan leal, podríamos darle pan como caridad.

—¿Qué? —dijo el hombre—. ¡Estás loca! Ya no tiene dientes, y ningún ladrón le teme. Tiene que morir. Es cierto que nos sirvió bien, pero a cambio comió bien durante años.

El pobre perro, que estaba echado al sol no muy lejos de allí, oyó todo esto y se puso muy triste al pensar que el día siguiente sería el último de su vida. Tenía un buen amigo: el lobo. Fue a buscarlo y se lamentó de la triste suerte que le esperaba.

—Oíme, compadre —le dijo el lobo—, quedate tranquilo, yo te voy a ayudar a salir de este lío. Tengo un plan: mañana por la mañana, tu patrón va a ir al campo con su esposa y llevarán al niño con ellos, porque no queda nadie en casa. Mientras trabajan, suelen dejar al niño detrás del seto, al sol. Vos te acostás cerca, como si lo cuidaras. Yo salgo del bosque y me llevo al niño, y vos corrés detrás de mí como si me lo quisieras quitar. Lo dejo caer, vos lo devolvés a sus padres y ellos creerán que lo salvaste. Te estarán tan agradecidos que no te harán daño nunca más. Al contrario, te tratarán como un rey.

El plan le pareció excelente al perro, y todo se realizó tal como lo habían planeado.

El padre dio un grito cuando vio al lobo correr con su hijo por el campo. Pero cuando el viejo Sultán lo trajo de vuelta, se llenó de alegría, lo acarició y dijo:

—¡No se te tocará ni un pelo! Tendrás pan y cuidados mientras vivas.

Y le dijo a su esposa:

—Andá rápido a casa y preparale al viejo Sultán un puré de pan, así no tendrá que masticar, y traé también mi almohada para que se acueste cómodo.

Desde ese día, al viejo Sultán le fue tan bien que no podía pedir nada mejor. Poco después, lo visitó el lobo, que se alegró de cómo había salido todo.

—Pero, compadre —le dijo—, espero que cierres los ojos si yo aprovecho una ocasión para sacarle una buena oveja a tu patrón. Hoy en día es difícil sobrevivir.

—Ni lo pensés —respondió el perro—. Yo soy fiel a mi amo, no puedo permitir eso.

El lobo creyó que no hablaba en serio, así que esa misma noche fue en silencio a robar una oveja. Pero el campesino, advertido por Sultán, lo estaba esperando y le dio una buena paliza con el trillo. El lobo escapó como pudo y le gritó al perro:

—¡Ya vas a ver, traidor! ¡Esto no te lo perdono!

A la mañana siguiente, el lobo mandó al jabalí a desafiar al perro a un duelo en el bosque. Sultán, viejo como estaba, solo pudo contar con la ayuda de un gato que tenía apenas tres patas. Cuando salieron juntos, el pobre gato iba cojeando y con la cola levantada del dolor. Al llegar al lugar convenido, el lobo y el jabalí los vieron venir y se asustaron, pensando que el gato llevaba un sable y que recogía piedras para arrojárselas.

Entonces los dos se llenaron de miedo: el jabalí se escondió en unos arbustos, y el lobo trepó a un árbol. Cuando el perro y el gato llegaron, no vieron a nadie. Pero el jabalí no estaba bien oculto y sus orejas sobresalían. El gato, que andaba olfateando, vio moverse algo y pensó que era un ratón. Saltó y mordió con fuerza.

El jabalí chilló y salió corriendo gritando:

—¡En el árbol está el culpable!

El perro y el gato levantaron la mirada y vieron al lobo, que, avergonzado por haber sido tan cobarde, aceptó hacer las paces con el perro.

ENRIQUE EL HOLGAZÁN

Enrique era muy holgazán, y aunque su único trabajo consistía en sacar todos los días a pastar su cabra, cada noche, al volver, suspiraba diciendo:

—De veras que es pesado y fastidioso tener que llevar la cabra, un año sí y otro también, hasta bien entrado el otoño, al prado. ¡Si al menos pudiera uno tumbarse y dormir! Pero no; hay que estar con los ojos bien abiertos y vigilar que el animal no se escape, no dañe los brotes, no salte los setos ni se meta en los huertos. ¡Cómo puede uno tener tranquilidad y disfrutar de la vida así!

Se sentó y, concentrado en sus pensamientos, estuvo cavilando cómo quitarse esa carga de encima. Pasó mucho tiempo sin encontrar solución, hasta que, de pronto, pareció como si se le cayeran las escamas de los ojos:

—¡Ya sé lo que haré! —exclamó—. Me casaré con la gorda Trini. Ella también tiene una cabra; podrá sacarla a pastar junto con la mía, y yo no tendré que seguir atormentándome.

Se levantó y, poniendo en movimiento sus cansadas piernas, cruzó la calle —pues enfrente vivían los padres de Trini— para pedir la mano de su laboriosa y virtuosa hija. Los padres no lo pensaron mucho. "Dios los cría y ellos se juntan", dijeron, y dieron su consentimiento. Y así fue como la gorda Trini se convirtió en la esposa de Enrique y sacaba a pastar las dos cabras. Él vivía feliz, sin otra preocupación que la de su propia pereza. De vez en cuando, acompañaba a su esposa al campo:

—Lo hago solo para que a la vuelta el descanso sea más agradable. De lo contrario, uno pierde el gusto por el reposo.

Pero resultó que Trini no era menos perezosa que su marido.

—Enrique mío —le dijo un día—, ¿por qué amargarnos la vida sin necesidad y desperdiciar los mejores años de nuestra juventud? ¿No sería mejor venderle las dos cabras a nuestro vecino, que todas las mañanas nos despiertan con sus balidos, y cambiarlas por una colmena? Podríamos ponerla detrás de la casa, en un lugar soleado, y ya no tendríamos que preocuparnos más. A las abejas no hay que cuidarlas ni llevarlas al campo; ellas solas vuelan, conocen el camino de regreso y almacenan su miel sin molestarnos para nada.

—Hablás como una mujer sensata —dijo Enrique—. Lo haremos enseguida. Además, la miel es más sabrosa y nutritiva que la leche de cabra, y se conserva por más tiempo.

El vecino aceptó gustoso cambiar las dos cabras por una colmena. Las abejas volaban sin descanso desde la madrugada hasta el anochecer, llenando la colmena de rica miel; así, al llegar el otoño, Enrique pudo llenarla en una buena jarra.

La guardaron en un estante alto, en la pared del dormitorio, y por temor a que alguien pudiera robársela o que los ratones subieran hasta allí, Trini se procuró una gruesa vara de avellano y la dejó junto a la cama, al alcance de la mano, para espantar a los intrusos sin necesidad de levantarse.

El perezoso Enrique no salía de la cama antes del mediodía:

—Quien madruga —decía—, pierde su riqueza.

Una mañana, mientras seguía acostado descansando de su largo sueño, le dijo a su esposa:

—A las mujeres les encanta lo dulce, y seguro que te estás comiendo la miel. Mejor sería que, antes de que la termines, compremos con ella una oca y un patito.

—Pero no antes de tener un hijo que los cuide —respondió Trini—. ¿O acaso pensás que yo voy a hacerme cargo de criarlos, gastando mis fuerzas para nada?

—¿Y vos te imaginás que el niño va a obedecerte? Hoy en día los chicos hacen lo que se les da la gana, se creen más listos que los padres. Acordate de aquel mozo al que mandaron a buscar la vaca perdida, y se puso a correr detrás de unos mirlos.

—¡Ah, pero el mío sí va a obedecer! —replicó Trini—. Si no me hace caso, le daré una buena paliza con un palo.

Y agarrando la vara de avellano que tenía a su lado para espantar a los ratones, la blandió con fuerza y gritó:

—¿Ves, Enrique? ¡Así le voy a dar!

Pero tuvo la mala suerte de golpear la jarra que estaba en el estante. Esta dio contra la pared, cayó al suelo hecha trizas, y toda la miel se derramó.

—Ahí tenés nuestra oca y el patito —dijo Enrique—; ya nadie tendrá que cuidarlos. De todos modos, fue una suerte que la jarra no me cayera en la cabeza. Podemos considerarnos afortunados.

Y al ver que en uno de los pedazos había quedado un poco de miel, estiró el brazo para recogerlo y dijo:

—Mirá, mujer, saboreemos este poquito y luego descansemos del susto. No importa que nos levantemos más tarde que de costumbre. ¡El día es largo!

—Sí —dijo Trini—, siempre se llega a tiempo. ¿Sabés? Una vez invitaron al caracol a una boda; se puso en camino, pero en vez de llegar a la boda, llegó al bautizo. Delante de la casa tropezó, se cayó del cerco y exclamó:

—¡Bien dicen que la prisa nunca es buena!

HANS EL TONTO

Érase una vez un rey que vivía muy feliz con su hija, que era su única descendencia. Pero un día, para sorpresa de todos, la princesa dio a luz un niño, y nadie sabía quién era el padre. El rey pasó mucho tiempo sin saber qué hacer, hasta que finalmente ordenó que la princesa fuera a la iglesia con el niño y que le pusiera un limón en la mano. Aquel a quien el niño entregara el limón sería reconocido como el padre del niño y esposo de la princesa.

Así se hizo. Sin embargo, antes de la ceremonia, se había dado la orden de que solo personas nobles podían entrar en la iglesia. Pero en la ciudad vivía un muchacho pequeño, encorvado y jorobado que no era muy listo, y por eso lo llamaban Hans el tonto. Logró colarse en la iglesia sin que nadie lo notara y, cuando el niño tuvo que entregar el limón, se lo dio precisamente a Hans el tonto.

La princesa quedó espantada, y el rey se puso tan furioso que ordenó que metieran a Hans y a su hija, junto con el niño, en un tonel y lo echaran al mar.

El tonel flotó alejándose tierra adentro, y cuando estuvieron solos en alta mar, la princesa se lamentó y dijo:

—Vos sos el culpable de mi desgracia, chico repugnante, jorobado e indiscreto. ¿Para qué te metiste en la iglesia si este niño no tenía nada que ver con vos?

—Oh, sí —respondió Hans el tonto—. Me parece que sí tenía que ver, porque una vez deseé que vos tuvieras un hijo, y todo lo que yo deseo se cumple.

—Si eso es cierto —dijo la princesa con ironía—, entonces deseá que nos llegue algo de comer.

—Eso también puedo hacerlo —respondió Hans, y deseó una fuente bien llena de papas.

A la princesa le hubiera gustado algo mejor, pero como tenía tanta hambre, se puso a comer junto a él hasta quedar satisfecha.

Cuando ya estaban hartos, dijo Hans:

—¡Ahora deseo que tengamos un hermoso barco!

Y apenas lo dijo, apareció un magnífico barco con todo lo que pudieran desear: comida, bebida, comodidades. El timonel los llevó directamente a tierra, y cuando llegaron, Hans dijo:

—¡Ahora deseo que aparezca un palacio!

Y en ese instante apareció un palacio espléndido. Unos criados vestidos con ropas doradas los recibieron y llevaron a la princesa y al niño hasta el gran salón. Entonces Hans el tonto dijo:

—¡Ahora deseo convertirme en un joven y apuesto príncipe!

Y al momento perdió la joroba, se volvió hermoso, recto y encantador. Le gustó mucho a la princesa, quien entonces aceptó casarse con él.

Vivieron felices por un tiempo. Pero un día, el viejo rey andaba cabalgando y se perdió, hasta que llegó al palacio. Se sorprendió muchísimo, pues nunca lo había visto antes, y decidió entrar. La princesa lo reconoció enseguida, aunque él no supo quién era ella, ya que la creía muerta desde hacía mucho, tragada por el mar. Ella lo recibió con gran amabilidad y lo atendió con espléndida hospitalidad. Antes de que el rey se marchara, la princesa colocó en secreto un vaso de oro en su bolsillo.

Cuando él ya se había ido montado en su caballo, ella envió a dos jinetes para que lo alcanzaran y revisaran si llevaba el vaso. Al encontrarlo en su bolsillo, lo llevaron de nuevo al palacio. El rey juró que no lo había robado y que no sabía cómo había llegado allí.

—Por eso —dijo la princesa— hay que tener cuidado antes de acusar a alguien sin pruebas.

Y entonces se dio a conocer.

El rey se alegró muchísimo, y vivieron todos felices juntos. Cuando el rey murió, Hans el tonto se convirtió en rey.

HÄNSEL Y GRETEL

Junto a un bosque muy grande vivía un pobre leñador con su esposa y sus dos hijos. El niño se llamaba Hänsel y la niña, Gretel. Apenas tenían qué comer, y durante una época de escasez que afectó al país, llegó un momento en que el hombre ni siquiera podía ganarse el pan de cada día.

Una noche, el leñador estaba acostado, cavilando y dando vueltas, sin poder pegar el ojo por la preocupación. Finalmente suspiró y le dijo a su esposa:

—¿Qué va a ser de nosotros? ¿Cómo alimentar a los pobres pequeños si ya no nos queda nada?

—Se me ocurre una idea —respondió ella—. Mañana, temprano, llevaremos a los niños a lo más espeso del bosque. Les encenderemos un fuego, les daremos un pedacito de pan y luego los dejaremos solos para ir a nuestro trabajo. Como no sabrán regresar, nos libraremos de ellos.

—¡Por Dios, mujer! —exclamó el hombre—. No puedo hacer eso. ¿Cómo voy a abandonar a mis hijos en el bosque? Las fieras se los comerían.

—¡No seas necio! —dijo ella por su parte—. ¿Preferís que muramos de hambre los cuatro? Mejor empezá a aserrar las tablas para los ataúdes —y no dejó de insistir hasta que el hombre, a regañadientes, aceptó—. Pero me da mucha lástima —repetía.

Los dos hermanitos, que por el hambre no podían dormir, oyeron lo que la madrastra le proponía a su padre. Gretel, entre lágrimas, le dijo a Hänsel:

—¡Ahora sí que estamos perdidos!

—No llores, Gretel —la consoló su hermano—. Ya encontraré la forma de salir de esta.

Cuando los padres se durmieron, Hänsel se levantó, se puso su chaquetita y salió por la puerta trasera. Brillaba una luna hermosa y los pequeños guijarros del suelo relucían como plata. Hänsel los fue recogiendo hasta llenar los bolsillos. Luego volvió a su habitación y le dijo a Gretel:

—No tengas miedo, hermanita. Dormí tranquila: Dios no nos abandonará.

Apenas amanecía, antes de que saliera el sol, la mujer fue a despertar a los niños:

—¡Vamos, dormilones, levántense! Vamos al bosque a buscar leña.

Y dándole a cada uno un pedacito de pan, les advirtió:

—Esto es para el mediodía, no se lo coman antes, porque no hay más.

Gretel guardó su pan bajo el delantal, porque Hänsel ya tenía los bolsillos llenos de piedritas, y los cuatro se internaron en el bosque. Después de caminar un rato, Hänsel se detenía a cada paso para mirar hacia atrás. El padre le dijo:

—Hänsel, no te rezagués mirando atrás. ¡Caminá con atención!

—Es que estoy viendo al gatito blanco que me dice adiós desde el techo —respondió el niño.

—¡Tonto! —dijo la mujer—. Eso no es un gato, es el sol de la mañana reflejándose en la chimenea.

Pero en realidad, lo que hacía Hänsel era ir dejando caer las piedritas blancas de su bolsillo a lo largo del camino.

Cuando llegaron al corazón del bosque, el padre dijo:

—Ahora junten leña, pequeños, y encenderé un fuego para que no tengan frío.

Hänsel y Gretel reunieron un buen montón de ramas. Cuando la hoguera estuvo encendida y crepitando, la mujer dijo:

—Siéntense junto al fuego, niños, y descansen. Nosotros vamos a cortar más leña y cuando terminemos, volveremos a buscarlos.

Los hermanitos se quedaron junto al fuego, y al mediodía comieron su pan. Como escuchaban el golpe de un hacha, pensaban que su padre estaba cerca. Pero en realidad, era una rama que él había atado a un árbol seco para que el viento la moviera y sonara contra el tronco.

Pasó mucho tiempo. El cansancio los venció y se quedaron profundamente dormidos. Cuando despertaron, ya era noche cerrada. Gretel se echó a llorar:

—¿Cómo saldremos del bosque?

Pero Hänsel la consoló:

—Esperá un poquito a que brille la luna. Ya encontraremos el camino.

Y cuando la luna estuvo alta en el cielo, el niño tomó de la mano a su hermanita y, guiándose por las piedritas que brillaban como plata, pudo seguir la ruta de regreso. Caminaron toda la noche y, al amanecer, llegaron a la casa. Llamaron a la puerta, y les abrió la madrastra. Al verlos, exclamó:

—¡Diablos de niños! ¿Qué hacen apareciendo después de tantas horas en el bosque? ¡Pensábamos que no querían volver!

El padre, en cambio, se alegró mucho de verlos, pues le remordía la conciencia por haberlos abandonado.

Pasó el tiempo, y nuevamente llegó una época de gran miseria al país. Una noche, los niños escucharon cómo la madrastra, acostada en la cama, le decía a su esposo:

—Otra vez se ha terminado todo. Solo nos queda media hogaza de pan y después... se acabó. Tenemos que deshacernos de los niños. Esta vez los llevaremos aún más adentro del bosque, para que no encuentren el camino de regreso. De otro modo, no hay salvación para nosotros.

El hombre sintió un gran dolor en el corazón. Pensaba: "Más valdría repartir el último bocado con mis hijos." Pero la mujer no quiso oír razones, y lo presionó con gritos y reproches. Quien cede una vez, también termina cediendo la segunda. Así que, finalmente, él aceptó su cruel plan.

Los niños, que seguían despiertos, oyeron todo. Cuando los padres se durmieron, Hänsel quiso salir a recoger más piedritas como la vez anterior, pero esta vez la mujer había cerrado la puerta con llave. Para consolar a su hermana, le dijo:

—No llores, Gretel. Dormí tranquila. Dios no nos abandonará.

A la madrugada siguiente, la mujer los despertó y les dio un pedacito de pan, más pequeño aún que el anterior. Camino al bosque, Hänsel iba desmigajando su pan en el bolsillo y, cada tanto, dejaba caer miguitas en el suelo.

—Hänsel, ¿por qué te quedás mirando atrás? —preguntó el padre—. ¡No te entretengas!

—Estoy viendo a mi palomita blanca, que desde el tejado me dice adiós —respondió él.

—¡Tonto! —dijo la madrastra—. Eso no es una paloma, es el sol de la mañana brillando en la chimenea.

Pero Hänsel había ido dejando un rastro de migas de pan por el camino.

La madrastra los llevó aún más lejos, a una zona del bosque donde nunca habían estado antes. Encendieron una gran hoguera, y la mujer les dijo:

—Quédense aquí, niños. Si se sienten cansados, pueden dormir un rato. Nosotros vamos a buscar leña y al atardecer volveremos a buscarlos.

Al mediodía, Gretel partió su pan con Hänsel, ya que él había esparcido el suyo por el camino. Luego se quedaron dormidos. Nadie volvió por ellos.

Cuando despertaron, era noche cerrada. Hänsel intentó consolar a su hermanita:

—Esperá un poco, Gretel, hasta que salga la luna. Entonces veremos las miguitas de pan que dejé y nos mostrarán el camino de regreso.

Pero cuando la luna apareció, no encontraron ni una sola miga: todos los pajaritos del bosque se las habían comido. Dijo Hänsel:

—Ya encontraremos el camino —pero no lo hallaron.

Caminaron toda la noche y durante todo el día siguiente, desde la mañana hasta el anochecer, sin poder salir del bosque. Apenas habían comido unos cuantos frutos silvestres. Estaban tan cansados, que sus piernas ya no los sostenían. Se sentaron al pie de un árbol y se quedaron dormidos.

Al amanecer del tercer día desde que salieron de casa, reanudaron la marcha, pero cada vez se internaban más en el bosque. Si nadie los ayudaba pronto, morirían de hambre.

Pero justo al mediodía, vieron un hermoso pajarito blanco, posado en la rama de un árbol. Cantaba con una voz tan dulce, que se detuvieron a escucharlo. Cuando terminó de cantar, abrió sus alas y echó a volar. Ellos lo siguieron hasta llegar a una casita, en cuyo tejado se posó. Al acercarse, vieron que la casa estaba hecha de pan, cubierta con bizcochos, y las ventanas eran de azúcar transparente.

—¡Mirá qué bien! —dijo Hänsel—. Vamos a poder llenarnos el estómago. Yo voy a probar un pedacito del tejado; vos podés probar la ventana, vas a ver qué dulce es.

Hänsel se subió al tejado y arrancó un pedazo, mientras Gretel mordisqueaba los dulces de las ventanas. Entonces oyeron una voz suave desde adentro:

—¿Será acaso la ratita la que roe mi casita?

Pero los niños respondieron:

—Es el viento, es el viento, que sopla violento.

Y siguieron comiendo como si nada. Hänsel, que encontró delicioso el tejado, arrancó un gran trozo, y Gretel sacó un cristal redondo de azúcar y se sentó en el suelo, comiendo con gusto.

De repente, se abrió la puerta y salió una mujer muy anciana, apoyada en una muleta. Los niños se asustaron tanto que soltaron lo que estaban comiendo. Pero la vieja, meneando la cabeza, les dijo con voz amable:

—Hola, pequeños. ¿Quién los trajo hasta aquí? Entren y quédense conmigo. No les haré ningún daño.

Tomándolos de la mano, los llevó al interior de la casita, donde les sirvió una deliciosa comida: leche con bollitos, manzanas y nueces. Después los acostó en dos camitas limpias con sábanas blancas, y los niños pensaron que estaban en el cielo.

Pero la vieja solo fingía ser buena: en realidad, era una bruja malvada que cazaba niños para comérselos. Había construido la casita de dulces como trampa. Cuando lograba atrapar a alguno, lo cocinaba y se lo devoraba como un festín.

Las brujas tienen ojos rojos y ven muy poco, pero su olfato es tan agudo como el de los animales, y por eso detectan a las personas a mucha distancia. Al oler la llegada de Hänsel y Gretel, había dicho con una risa malvada: "¡Estos no se me escapan!"

A la mañana siguiente, se levantó temprano. Al ver a los niños durmiendo plácidamente, se relamió:

—¡Qué deliciosos se ven! Serán un banquete.

Y, sin hacer ruido, agarró a Hänsel con su huesuda mano, lo llevó al establo y lo encerró tras una reja. Él gritó y se resistió, pero fue inútil.

Luego se dirigió a la cama de Gretel, la sacudió para despertarla y le gritó:

—¡Levantate, floja! Andá a buscar agua y cociná algo rico para tu hermano. Lo tengo encerrado y quiero que engorde. Cuando esté bien gordito, me lo voy a comer.

Gretel lloró amargamente, pero no tuvo más remedio que obedecer.

Desde entonces, a Hänsel le servían comidas ricas todos los días, mientras que Gretel solo recibía sobras y cáscaras de cangrejo. Cada mañana, la bruja bajaba al establo y le decía:

—Hänsel, sacá el dedo para ver si estás gordo.

Pero el niño, que era muy listo, sacaba un huesito en vez de su dedo, y como la bruja no veía bien, pensaba que seguía flaco y no entendía por qué no engordaba.

Después de cuatro semanas, perdió la paciencia.

—¡Ya basta! —dijo—. Esté gordo o flaco, mañana me lo como. Gretel, ¡andá ya a buscar agua!

¡Qué desconsuelo el de la hermanita cuando volvía con el agua, y cómo le corrían las lágrimas por las mejillas!

—¡Dios mío, ayúdanos! —rogaba—. ¡Ojalá nos hubieran devorado las fieras del bosque; por lo menos habríamos muerto juntos!

—¡Basta de lloriqueos! —gritó la vieja—. De nada te van a servir.

A la madrugada, Gretel tuvo que salir a llenar el caldero con agua y encender el fuego.

—Primero coceremos pan —dijo la bruja—. Ya he calentado el horno y preparado la masa.

Y de un empujón llevó a la pobre niña hasta el horno, del cual salían grandes llamaradas.

—Entrá a ver si está lo suficientemente caliente para meter el pan —ordenó la vieja.

Su intención era cerrar la puerta del horno cuando la niña estuviera adentro, asarla y comérsela también. Pero Gretel, que le adivinó las intenciones, dijo:

—No sé cómo hacerlo. ¿Cómo haría para entrar?

—¡Habráse visto criatura más tonta! —replicó la bruja—. ¡Si hasta yo cabría! —y, para demostrárselo, se inclinó e introdujo la cabeza en la boca del horno.

Entonces Gretel, de un empujón, la empujó hacia adentro, cerró la puerta de hierro y corrió el cerrojo. ¡Qué gritos daba la bruja! ¡Qué alaridos tan terribles! Pero la niña salió corriendo, y la malvada hechicera murió quemada miserablemente.

Gretel corrió al establo donde estaba encerrado Hänsel y le abrió la puerta, exclamando:

—¡Hänsel, estamos salvados! ¡La bruja ha muerto!

El niño salió de un salto, como un pajarito al que le abren la jaula. ¡Qué alegría sintieron los dos, cómo se abrazaron y se besaron!

Como ya no tenían nada que temer, comenzaron a recorrer la casa de la bruja y, en todos los rincones, encontraron cofres llenos de perlas y piedras preciosas.

—¡Esto vale más que los guijarros! —exclamó Hänsel, y llenó sus bolsillos.

—Yo también quiero llevar algo a casa —dijo Gretel, y llenó su delantal de joyas.

—Vámonos ya —dijo el niño—. Hay que salir de este bosque encantado.

Después de caminar unas dos horas, llegaron a la orilla de un gran río.

—No vamos a poder cruzarlo —observó Hänsel—. No veo ningún puente ni pasarela.

—Tampoco hay barca —añadió Gretel—, pero allá nada un patito blanco. Si se lo pedimos, tal vez nos ayude a cruzar.

Y gritó:

Patito, buen patito mío,
Hänsel y Gretel han llegado al río.
No hay ningún puente por donde pasar,
¿sobre tu blanca espalda nos quieres llevar?

El patito se acercó, y Hänsel se subió sobre él, invitando a su hermana a hacer lo mismo.

—No —respondió Gretel—, sería muy pesado para el patito. Mejor que nos cruce uno por uno.

Así lo hizo el buen patito. Cuando ya estuvieron en la otra orilla y caminaron otro rato más, el bosque les fue resultando cada vez más familiar, hasta que finalmente vieron a lo lejos la casa de su padre.

Corrieron entonces con todas sus fuerzas, entraron como un torbellino y se colgaron del cuello del padre.

El pobre hombre no había tenido una sola hora de paz desde el día en que dejó a sus hijos en el bosque. En cuanto a la madrastra, había muerto.

Gretel volcó su delantal, y las perlas y piedras preciosas se esparcieron por el suelo, mientras Hänsel vaciaba a puñados sus bolsillos.

Se acabaron las penas, y desde entonces vivieron los tres felices.

Y colorín colorado, este cuento se ha acabado.

JORINDE Y JORINGEL

Érase una vez un viejo palacio en medio de un bosque grande y espeso. Dentro del palacio vivía completamente sola una anciana que era una bruja, y muy bruja. Durante el día se transformaba en gato o en búho, y por la noche recuperaba su forma humana. Sabía atraer a los animales salvajes y a los pájaros, luego los mataba, los cocinaba o los asaba.

Cuando alguien se acercaba a cien pasos del palacio, quedaba inmovilizado, sin poder avanzar ni retroceder, hasta que la bruja lo liberaba. Pero si una doncella inocente cruzaba ese límite, ella la transformaba en un pájaro y la encerraba en una cesta en los cuartos del palacio. Allí tenía nada menos que siete mil cestas con pájaros encantados.

Había una vez una joven llamada Jorinde, tan hermosa como ninguna otra. Ella y un joven muy apuesto, llamado Joringel, estaban comprometidos. Se amaban profundamente, y su mayor felicidad era estar juntos.

Un día salieron a caminar por el bosque para poder hablar a solas.

—¡Tené cuidado de no acercarte demasiado al palacio! —le advirtió Joringel.

Era una tarde hermosa. El sol brillaba entre los árboles y sus rayos se filtraban por el follaje oscuro. Las tórtolas cantaban entre las hayas viejas. Jorinde empezó a llorar, se sentó en el suelo, y se lamentaba. Joringel también comenzó a quejarse. Se sentían extrañamente desorientados, como si les fuera a pasar algo terrible. No sabían cómo regresar. El sol estaba a medio ocultar tras las montañas.

Joringel miró entre los arbustos y vio, muy cerca, el viejo muro del palacio. Se asustó. Jorinde comenzó a cantar:

Pajarito mío de roja banda,
canta mi pena, penita, pena.
La palomita su muerte canta,
canta su pe... ¡pío! ¡pi!, ¡pío! ¡pi!

Joringel buscó a Jorinde con la mirada, pero ella ya no estaba. En su lugar, había un ruiseñor que cantaba: "¡Pío! ¡Pi! ¡Pío! ¡Pi!". Un búho de ojos brillantes voló tres veces a su alrededor y gritó tres veces: "¡Uhú! ¡Uhú! ¡Uhú!"

Joringel no podía moverse; estaba paralizado, como convertido en piedra. No podía hablar, ni llorar, ni mover ni una mano ni un pie. Entonces se ocultó el sol. El búho voló hacia unos matorrales y, enseguida, de ahí salió una mujer vieja, jorobada y amarilla, de ojos rojos y nariz ganchuda, cuya punta tocaba su barbilla. Murmuró algo, capturó al ruiseñor y se lo llevó. Joringel seguía sin poder moverse.

El pájaro desapareció. Al cabo de un rato, la mujer regresó y dijo con voz ronca:

—¡Hola, Zaquiel! ¡Cuando la luz de la lunita brille en la cestita, libéralo, Zaquiel, en buena hora!

Entonces Joringel recuperó la libertad. Se arrodilló ante la bruja y le suplicó que le devolviera a Jorinde, pero ella dijo que nunca volvería a verla, y se alejó. Joringel lloró, se lamentó, imploró... todo en vano.

"¡Ay, Dios mío! ¿Qué será de mí?", pensó.

Y se marchó. Anduvo y anduvo, hasta que llegó a un pueblo donde se quedó a vivir, cuidando cabras. Durante mucho tiempo, dio vueltas alrededor del bosque, sin atreverse a acercarse otra vez al palacio.

Una noche soñó que encontraba una flor roja como la sangre, con una perla brillante en el centro. En el sueño, al tocar con esa flor cualquier cosa encantada, el hechizo se rompía. También soñó que así lograba recuperar a su Jorinde.

A la mañana siguiente, se puso en camino para buscar la flor. Recorrió montañas y valles durante nueve días. Finalmente, al amanecer del noveno día, la encontró: una flor roja como la sangre, con una gota de rocío en el centro que brillaba como la más hermosa perla.

La tomó con cuidado y caminó día y noche hasta llegar al palacio. Cuando estuvo a cien pasos, no se quedó paralizado. Siguió adelante hasta la puerta, tocó con la flor y esta se abrió sola. Entró al patio, y al escuchar con atención, oyó el canto de los pájaros. Siguió el sonido hasta llegar a la sala donde la bruja les daba de comer a los siete mil pájaros encerrados en cestas.

Al verlo, la bruja se puso furiosa. Escupió veneno y bilis, pero no pudo acercarse a él más que a dos pasos. Joringel no le prestó atención y buscó entre las cestas. ¡Pero había tantos ruiseñores! ¿Cómo iba a reconocer a su Jorinde?

Entonces vio que la bruja, a escondidas, tomaba un cestito con un ruiseñor y se dirigía a la puerta. Joringel corrió tras ella, tocó el cesto con la flor, y también tocó a la bruja. En ese instante, ella perdió todo poder mágico.

Y allí estaba Jorinde, de nuevo en forma humana, hermosa como siempre, abrazándolo con fuerza. Joringel también liberó a las demás jóvenes, que volvieron a su forma de doncellas.

Luego se fue con su amada Jorinde, y vivieron juntos, felices, durante mucho tiempo.

JUAN -MI- ERIZO

Érase una vez un rico campesino que no tenía ningún hijo con su esposa. A menudo, cuando iba con los demás campesinos a la ciudad, estos se burlaban de él y le preguntaban por qué no tenía hijos. Un día se enfadó tanto que, al llegar a su casa, dijo:

—¡Quiero tener un hijo, aunque sea un erizo!

Entonces su esposa tuvo un hijo que era erizo de la cintura para arriba y niño de la cintura para abajo. Cuando lo vio, se asustó mucho y exclamó:

—¿Ves lo que hiciste? ¡Nos echaste encima una maldición!

Pero el campesino respondió:

—Ya no sirve de nada lamentarse. Tenemos que bautizar al niño, aunque no podamos conseguirle un padrino.

La esposa dijo:

—Y solo podemos bautizarlo con el nombre de Juan-mi-erizo.

Cuando lo bautizaron, el sacerdote dijo:

—A este, con esas púas, no se le puede poner en una cama como a los demás.

Así que le prepararon un poco de paja detrás de la estufa, y allí fue donde acostaron a Juan-mi-erizo. Tampoco podía amamantarse, porque habría pinchado a su madre con las púas. Pasó ocho años acostado detrás de la estufa, y su padre ya estaba harto de él y deseaba que se muriera. Pero no se moría, y seguía allí echado.

Un día hubo mercado en la ciudad, y el campesino quiso ir. Entonces le preguntó a su esposa qué quería que le trajera.

—Un poco de carne y un par de panecillos, que nos hacen falta en casa —respondió ella.

Después le preguntó a la criada, y esta pidió un par de zapatillas y unas medias de rombos. Por último, el campesino le preguntó también a Juan-mi-erizo:

—¿Y tú qué querés, Juan-mi-erizo?

—Padrecito —dijo el niño—, tráeme una gaita, por favor.

Cuando el campesino regresó a casa, le dio a su esposa la carne y los panecillos; a la criada, las zapatillas y las medias de rombos. Luego fue detrás de la estufa y le entregó a Juan-mi-erizo la gaita.

En cuanto la tuvo en las manos, Juan-mi-erizo dijo:

—Padrecito, andá a la herrería y mandá que le pongan herraduras a mi gallo. Me voy a ir montado en él y no volveré nunca más.

El padre se puso muy contento, pues así se libraría de él, e hizo que herraran al gallo. Cuando estuvo listo, Juan-mi-erizo se montó en su gallo, se llevó unos cuantos cerdos y asnos, y se internó en el bosque para pastorearlos.

Una vez dentro, el gallo voló hasta lo alto de un árbol, y allí se quedó Juan-mi-erizo, cuidando de sus animales. Así vivió muchos años. Su rebaño se hizo enorme, y su padre no supo nunca más de él. Desde lo alto del árbol tocaba su gaita y hacía una música muy hermosa.

Un día pasó por allí un rey que se había perdido en el bosque. Oyó la música y se sorprendió. Mandó a un criado para que investigara de dónde venía. El criado miró por todos lados y solo vio, en lo alto del árbol, un gallo con un erizo encima, que era el que tocaba la gaita.

El rey ordenó al criado que le preguntara qué hacía allí y si sabía cómo salir del bosque. Entonces Juan-mi-erizo bajó del árbol y le dijo que le mostraría el camino si el rey le prometía por escrito que le daría lo primero que encontrara al llegar a su palacio.

El rey pensó: "Podés escribir cualquier cosa, ese bicho ni sabe leer." Entonces tomó pluma y tinta, escribió lo que quiso, y se lo entregó. Juan-mi-erizo le enseñó el camino y el rey llegó felizmente a su castillo.

Pero al verlo llegar desde lejos, su hija salió corriendo a recibirlo y lo abrazó con alegría. El rey entonces recordó el trato con Juan-mi-erizo y le contó lo ocurrido. Le dijo que había tenido que prometerle por escrito a un extraño animal montado en un gallo y que tocaba música que le daría lo primero que se encontrara al regresar; pero que, como el animal no sabía leer, en realidad había escrito que no le daría nada.

La princesa se alegró mucho y dijo que eso estaba muy bien, porque jamás se habría ido con ese ser tan raro.

Juan-mi-erizo, por su parte, seguía cuidando de los asnos y los cerdos, siempre contento, encaramado en su árbol y tocando su gaita. Y sucedió entonces que otro rey, que también se había perdido en ese enorme bosque, pasó por allí con sus criados y su escudero. Al oír a lo lejos la hermosa música, le preguntó al escudero qué sería aquello y lo mandó a averiguarlo.

El escudero llegó hasta debajo del árbol y vio en la copa al gallo con Juan-mi-erizo montado sobre él. Le preguntó qué hacía allá arriba.

—Estoy apacentando mis cerdos y mis asnos —respondió Juan-mi-erizo—. ¿Qué necesitan?

El escudero le explicó que se habían perdido y que no sabrían regresar a su reino si él no les enseñaba el camino. Entonces Juan-mi-erizo descendió del árbol montado en su gallo y le dijo al viejo rey que lo guiaría si le prometía entregarle lo primero que encontrara en su palacio al llegar. El rey aceptó y escribió la promesa de su puño y letra.

Una vez hecho esto, Juan-mi-erizo se puso al frente y los condujo por el camino correcto, y el rey pudo regresar felizmente a su reino. Cuando llegó al castillo hubo gran alegría, y su única hija, que era muy hermosa, salió a su encuentro, lo abrazó y besó con entusiasmo.

El rey le contó que había estado perdido y que, de no ser por un extraño ser mitad erizo y mitad hombre, jamás habría encontrado el camino de regreso. Le confesó también que, en agradecimiento, le había prometido entregarle lo primero que encontrara al llegar, y que, lamentablemente, lo primero que había visto había sido a ella. Le dolía profundamente esa promesa.

Pero la princesa le dijo con valentía que, por amor a su padre, cumpliría con su palabra si aquel extraño ser regresaba a buscarla.

Mientras tanto, Juan-mi-erizo seguía cuidando de sus animales, y los cerdos se multiplicaban, y luego los cerdos de esos cerdos también, hasta que el bosque entero estaba lleno de ellos.

Entonces Juan-mi-erizo mandó un mensaje a su padre pidiéndole que limpiara todos los establos del pueblo, porque pensaba regresar con una piara tan grande que todo el que supiera hacer matanza tendría que ponerse a trabajar.

Cuando su padre recibió la noticia, se quedó muy sorprendido y apesadumbrado, pues creía que Juan-mi-erizo había muerto hacía muchos años. Pero Juan-mi-erizo llegó montado en su gallo, condujo sus cerdos hasta el pueblo y los hizo matar. ¡Vaya carnicería! ¡Se oía el escándalo hasta dos horas de distancia!

Después le dijo a su padre:

—Padrecito, mandá a herrar de nuevo a mi gallo, porque me marcho otra vez y no voy a volver nunca.

El padre se alegró mucho de que se fuera y mandó herrar al gallo. Juan-mi-erizo entonces partió cabalgando hacia el primer reino. Pero ese rey, que no había cumplido su palabra, había dado órdenes de que si alguien aparecía montado en un gallo y tocando una gaita, le dispararan, lo golpearan y lo apuñalaran para que no pudiera llegar al palacio.

Cuando Juan-mi-erizo llegó, todos corrieron hacia él con bayonetas. Pero espoleó a su gallo, voló por encima de la puerta y aterrizó en la ventana del rey. Desde allí lo enfrentó y le exigió que le entregara lo que había prometido, o mataría tanto a él como a su hija.

El rey, asustado, le rogó a su hija que se fuera con él, para salvar sus vidas. La princesa se vistió de blanco y su padre le dio una carroza con seis caballos, criados, dinero y enseres. Se subió al carruaje, y Juan-mi-erizo montó a su lado con su gallo. Se despidieron y se fueron, y el rey creyó que no los volvería a ver.

Pero las cosas no resultaron como él esperaba. Cuando se alejaron de la ciudad, Juan-mi-erizo la obligó a desnudarse y la pinchó con sus púas hasta que quedó toda cubierta de sangre.

—Este es el pago por tu falsedad. No te quiero. Andate —le dijo, y la echó de vuelta a su casa, deshonrada para siempre.

Luego, Juan-mi-erizo cabalgó hasta el segundo reino, donde el otro rey sí había cumplido con su palabra. Allí se había ordenado que, si aparecía alguien como él, se le recibiera con honores, se le abrieran las puertas y se le llevara al palacio real entre vítores.

Cuando la princesa lo vio, se asustó por su aspecto, pero recordó la promesa hecha por amor a su padre y decidió cumplirla. El rey le dio la bienvenida a Juan-mi-erizo y lo invitó a sentarse a la mesa real junto a su hija. Comieron y bebieron juntos.

Esa noche, cuando iban a dormir, a ella le dieron miedo las púas de su futuro esposo. Pero él la tranquilizó diciéndole que no sufriría ningún daño. Le pidió al rey que colocara cuatro hombres armados en la puerta de la alcoba y encendieran una gran hoguera. Cuando él se metiera en la cama, dejaría su piel de erizo a los pies de la cama, y entonces los hombres debían entrar y echarla al fuego, y vigilar hasta que se consumiera por completo.

Cuando el reloj marcó las once, Juan-mi-erizo entró a la habitación, se quitó la piel de erizo y la dejó junto a la cama. Los hombres entraron rápido, la arrojaron al fuego y esperaron hasta que se quemó del todo. Juan-mi-erizo quedó entonces echado en la cama como un ser humano, aunque completamente negro, como si hubiera sido carbonizado.

El rey mandó llamar a su médico, quien lo limpió con pomadas y bálsamos, y su piel volvió a ser clara. Se convirtió en un joven apuesto y de buen parecer.

Cuando la princesa lo vio, se puso muy feliz. Se celebró la boda con alegría y el viejo rey le entregó el reino a Juan-mi-erizo.

Pasaron algunos años y él decidió visitar a su padre. Llegó con su esposa y se presentó como su hijo. El padre, al verlo tan cambiado, dijo que no tenía más hijos, que solo había tenido uno con púas, como un erizo, y que se había ido por el mundo.

Entonces Juan-mi-erizo se dio a conocer y el anciano padre se alegró muchísimo. Lo acompañó a su reino y vivieron todos felices.

LA ABEJA REINA

Zafia y disipada era la vida en la que cayeron dos príncipes que habían partido en busca de aventuras, y así no podían regresar de ninguna manera a su casa. El menor, considerado el bobo, salió en busca de sus hermanos. Cuando los encontró, se burlaron de que él, con su simpleza, quisiera abrirse camino en el mundo, cuando ellos dos, siendo mucho más listos, no eran capaces de salir adelante.

Caminaron juntos hasta llegar a un hormiguero. Los dos mayores quisieron revolverlo para ver cómo las pequeñas hormigas corrían asustadas de un lado a otro cargando sus huevos, pero el bobo dijo:

—Dejen en paz a los animales. No voy a permitir que los molesten.

Siguieron su camino y llegaron a un lago donde nadaban muchos, muchos patos. Los hermanos mayores quisieron atrapar un par para asarlos, pero el bobo repitió:

—Dejen en paz a los animales. No voy a permitir que los maten.

Finalmente llegaron a una colmena. Había tanta miel dentro que rebosaba por el tronco hacia abajo. Los dos quisieron prender fuego bajo el árbol para que las abejas se asfixiaran y así poder quedarse con la miel, pero el bobo los detuvo nuevamente:

—Dejen en paz a los animales. No voy a permitir que los quemen.

Los tres hermanos llegaron entonces a un palacio en cuyas caballerizas había un montón de caballos petrificados, pero no se veía a ningún ser humano. Recorrieron todas las salas hasta que llegaron a una puerta con tres cerrojos. En medio de ella había una mirilla por la que se podía ver el interior del cuarto. Allí vieron a un hombrecillo gris sentado a una mesa. Lo llamaron una vez… dos veces… pero no los oyó. Finalmente, a la tercera llamada, se levantó y salió. No dijo una sola palabra, pero los llevó hasta una opípara mesa, y cuando hubieron comido, condujo a cada uno a un dormitorio.

A la mañana siguiente entró en el cuarto del hermano mayor, le hizo una señal con la mano y lo llevó ante una mesa de piedra, sobre la cual estaban escritas las tres pruebas que debía superar quien quisiera romper el hechizo del palacio.

La primera prueba decía así: en el bosque, bajo el musgo, estaban escondidas las mil perlas de la princesa. Había que encontrarlas todas antes del anochecer. Si faltaba una sola, quien hubiera emprendido la prueba quedaría convertido en piedra. El hermano mayor pasó el día buscando, pero al caer el sol solo había hallado cien, y quedó transformado en piedra. Al día siguiente, el segundo hermano corrió la misma suerte; aunque encontró doscientas, también se convirtió en piedra.

Finalmente le tocó al bobo. Buscó por entre el musgo, pero era tan difícil encontrar las perlas y tan lento el avance que se sentó sobre una piedra y comenzó a llorar. Entonces apareció el rey de las hormigas, a quien él había salvado, acompañado por cinco mil hormigas que, al cabo de un rato, habían reunido todas las perlas en un solo montón.

La segunda prueba consistía en sacar del fondo del mar la llave de la alcoba de la princesa. Cuando el bobo llegó a la orilla, se acercaron nadando los patos que él había protegido. Se sumergieron y sacaron la llave del fondo.

La tercera y más difícil prueba era esta: entre las tres hijas dormidas del rey había que reconocer a la más joven y preferida. Las tres eran idénticas, y la única diferencia entre ellas era lo que habían comido: la mayor un terrón de azúcar, la segunda jarabe, y la menor una cucharada de miel. El reto era identificarlas solo por su aliento.

Entonces llegó la reina de las abejas, aquella que el bobo había salvado del fuego, y, tras olfatear las bocas de las tres, se posó sobre los labios de la que había tomado miel. Así fue como el bobo reconoció a la verdadera princesa.

Con eso, el encantamiento se rompió: todo despertó, y los que habían sido convertidos en piedra recobraron su forma humana. El bobo se casó con la princesa más joven y predilecta, y cuando murió el rey, él heredó el trono. Sus dos hermanos se casaron con las otras dos princesas.

LA ALONDRA CANTARINA Y SALTARINA

Érase una vez un hombre que tenía proyectado un gran viaje, y al despedirse les preguntó a sus tres hijas qué querían que les trajera.

La mayor pidió perlas, la segunda diamantes, pero la tercera dijo:

—Querido papá, yo quiero una alondra que cante y salte.

—Sí, si la puedo conseguir, la tendrás —dijo el padre, y besó a las tres y se marchó.

Cuando llegó el momento de regresar a casa ya tenía las perlas y los diamantes para las dos mayores, pero había buscado en vano la alondra que cantara y saltara para la más pequeña, y eso le daba mucha pena, pues en realidad era su hija favorita.

Su camino lo llevó entonces por un bosque, y en medio de él había un magnífico palacio. Cerca del palacio había un árbol, y en la copa del árbol vio una alondra que cantaba y saltaba.

—¡Vaya, me vienes como anillo al dedo! —exclamó.

Se puso muy contento y llamó a su criado para que subiera al árbol y atrapara al animalito. Pero en cuanto éste se acercó al árbol, saltó de él un león que sacudió su melena y rugió tan fuerte que todas las hojas de los árboles temblaron.

—¡Al que se atreva a robarme mi alondra que canta y salta, me lo como!

Entonces dijo el hombre:

—No sabía que el pájaro te pertenecía. ¿No me lo podrías vender?

—¡No! —respondió el león—. No hay nada que te salve, a menos que me prometas darme lo primero con lo que te encuentres al llegar a casa. Si lo haces, te perdonaré la vida y además te daré el pájaro para tu hija.

El hombre no quería aceptar y dijo:

—Podría ser mi hija menor, que es la que más me quiere y siempre sale corriendo a mi encuentro cuando vuelvo a casa.

Pero el criado intervino, con miedo, y dijo:

—¡También podría ser un gato o un perro!

El hombre entonces se dejó convencer, tomó con el corazón muy triste a la alondra que canta y salta y le prometió al león que le daría lo primero con lo que se encontrara al regresar a casa.

Y cuando entró en su hogar, lo primero que salió a su encuentro fue su hija menor y más querida, que corrió, lo besó y lo abrazó. Y cuando vio que le había traído la alondra que canta y salta, se alegró aún más.

El padre, sin embargo, no pudo alegrarse, sino que se echó a llorar y dijo:

—¡Ay, qué dolor, mi querida niña! ¡Este pequeño pájaro me costó muy caro, porque para conseguirlo tuve que prometer que te entregaría a un león salvaje, y cuando te tenga te va a destrozar y te va a devorar!

Entonces le contó todo lo que había ocurrido y le suplicó que no fuera, sin importar lo que pasara. Pero ella lo consoló y le dijo:

—Querido papá, si diste tu palabra, debes cumplirla. Yo iré y veré cómo calmo al león para poder volver contigo sana y salva.

A la mañana siguiente, le indicaron el camino y ella se internó con confianza en el bosque. Pero el león era en realidad un príncipe encantado, y durante el día era un león, y toda su gente se convertía también en león, pero por la noche todos recuperaban su forma humana.

Cuando ella llegó, él la trató con mucha amabilidad y se celebró la boda. Por la noche él era un hombre muy guapo, y desde entonces velaban por la noche y dormían durante el día. Vivieron felices durante mucho tiempo.

Un día él le dijo:

—Mañana hay una fiesta en casa de tu papá porque se casa tu hermana mayor; si quieres ir, mis leones te llevarán.

Ella aceptó, feliz de volver a ver a su padre, y partió acompañada por los leones.

Cuando llegó, hubo gran alegría, pues todos pensaban que ya había muerto hacía mucho tiempo, devorada por el león.

Ella les contó lo bien que le iba y se quedó con ellos mientras duró la boda. Luego regresó de nuevo al bosque.

Cuando su segunda hermana se casó y la invitaron de nuevo, le pidió al león que la acompañara.

Él, sin embargo, se negó y le dijo que era muy peligroso para él, pues si le caía encima el rayo de alguna luz, se transformaría en una paloma y tendría que volar durante siete años junto con las demás palomas. Pero ella no lo dejó en paz y le dijo que lo cuidaría y lo protegería de toda luz.

Entonces fueron juntos, y también llevaron a su pequeño hijo. Ella mandó construir un salón con muros tan gruesos que no entrara ningún rayo de luz. Ahí debía quedarse él cuando comenzara la boda. Pero la puerta estaba hecha de madera fresca y se abrió una pequeña grieta sin que nadie se diera cuenta.

Se celebró la boda con gran alegría, pero cuando la comitiva regresaba de la iglesia, con antorchas y velas, un rayo muy fino atravesó la grieta y tocó al príncipe. En ese instante se convirtió en paloma, y cuando ella entró a buscarlo, ya no lo vio. Lo único que había allí era una paloma, que le dijo:

—Tengo que volar siete años por el mundo, pero cada siete pasos dejaré caer una gota de sangre roja y una pluma blanca para que puedas seguirme y así salvarme.

La paloma entonces voló por la puerta, y ella la siguió, y cada siete pasos caía una gota roja de sangre y una plumita blanca que le indicaban el camino. Caminó por el mundo sin parar, sin mirar atrás y sin descansar, y ya casi se habían cumplido los siete años. Entonces se alegró, pues pensó que ya lo había encontrado, pero aún le faltaba mucho.

Un día, mientras caminaba, ya no vio ni plumita ni gota de sangre. Abrió bien los ojos, pero la paloma había desaparecido. Como pensó que nadie podría ayudarla, subió al sol y le preguntó:

—Tú que brillas sobre todas las montañas y valles, ¿no has visto volar una paloma blanca?

—No —respondió el sol—, no la he visto, pero te regalo una cajita. Ábrela solo cuando estés en verdadero apuro.

Le dio las gracias al sol y siguió adelante hasta que se hizo de noche y salió la luna. Entonces le preguntó:

—Tú que brillas toda la noche sobre los campos y los bosques, ¿no has visto volar una paloma blanca?

—No —dijo la luna—, no he visto ninguna, pero te regalo un huevo; rómpelo cuando estés en un gran apuro.

Le dio las gracias a la luna y siguió caminando hasta que sopló el viento nocturno, y entonces le preguntó:

—Tú que soplas por todos los árboles y por debajo de cada hoja, ¿no has visto volar una paloma blanca?

—No —dijo el viento nocturno—, no he visto ninguna, pero voy a preguntarle a los otros tres vientos, tal vez ellos la hayan visto.

Llegaron el viento del este y el del oeste, y dijeron que no habían visto nada. Pero el viento del sur dijo:

—Sí, yo vi a la paloma blanca. Voló hacia el mar Rojo y allí volvió a convertirse en un león, porque ya han pasado los siete años, y ahora está luchando contra un dragón, que en realidad es una princesa encantada.

Entonces el viento nocturno le dijo:

—Te voy a dar un consejo: ve al mar Rojo; en la orilla derecha hay unas cañas altas, cuenta once y corta la undécima. Con esa caña golpea al dragón, así el león podrá vencerlo y ambos recuperarán su forma humana. Luego observa bien y verás al pájaro grifo en la orilla del mar Rojo; súbete con tu amado sobre su lomo y él los llevará cruzando el mar hasta casa. Aquí tienes también una nuez; cuando estén en medio del mar, déjala caer y al instante crecerá sobre el agua un gran nogal en el que el grifo podrá descansar. Si no lo haces, no tendrá la fuerza suficiente para llevarlos hasta el otro lado, y si se te olvida, los dejará caer al mar.

Ella hizo todo como el viento nocturno le indicó: cortó la undécima caña, golpeó al dragón y el león lo venció. Los dos recuperaron su forma humana. Y cuando la princesa que había sido dragón volvió a ser persona, el hombre la tomó en brazos, se subió al grifo con ella y se marcharon juntos.

La pobre mujer, que había caminado tanto, volvió a quedarse sola, pero dijo:

—Seguiré caminando mientras el viento sople y el gallo cante, hasta que lo encuentre.

Y así siguió recorriendo grandes distancias hasta que finalmente llegó al palacio donde vivían ahora el príncipe y la princesa. Allí oyó que estaban por casarse. Pero ella dijo:

—¡Dios me ayudará todavía!

Sacó la cajita que le había regalado el sol y de ella salió un vestido que brillaba como el mismo sol. Se lo puso y fue al palacio. Todos la miraban, incluso la princesa, que pensó que sería perfecto como vestido de novia, y le preguntó si se lo vendería.

—No lo vendo por dinero ni por riquezas —dijo ella—, pero sí por carne y sangre.

La princesa le preguntó qué significaba eso, y ella respondió:

—Déjame pasar una noche en la habitación donde duerme el príncipe.

La princesa no quería, pero el vestido le gustaba tanto que accedió. Entonces le ordenó a su sirviente que le diera al príncipe una bebida para que durmiera profundamente.

Cuando llegó la noche, llevaron a la joven hasta el cuarto, y ella se sentó junto a la cama y dijo:

—Te seguí durante siete años. Fui hasta el sol, la luna y los vientos buscándote. Te ayudé a vencer al dragón, ¿y ahora te vas a olvidar de mí?

Pero el príncipe dormía tan profundamente que creyó que era el viento soplando entre los árboles.

A la mañana siguiente, ella tuvo que salir del cuarto sin haber logrado nada, y además entregó su vestido.

Triste, se fue a un prado y se sentó a llorar. Entonces recordó el huevo que le había dado la luna, lo rompió y de él salió una gallina con doce pollitos de oro que corrían a su alrededor. Era un espectáculo hermoso.

Ella los hizo correr frente al palacio y la princesa los vio desde la ventana. Bajó enseguida y le preguntó si se los vendería.

—No los vendo por dinero ni por bienes —respondió—, pero sí por carne y sangre: déjame dormir otra noche en la habitación donde duerme el príncipe.

La princesa aceptó de nuevo y quiso hacer lo mismo que la noche anterior, pero el príncipe, antes de irse a dormir, le preguntó al sirviente qué habían sido esos susurros que escuchó la noche anterior.

El sirviente le contó todo: que una joven había dormido junto a él en secreto, y que esa noche le daría otra bebida. El príncipe dijo:

—Tira esa bebida al suelo.

Esa noche, cuando la joven volvió y empezó a contarle de nuevo su historia, el príncipe reconoció su voz de inmediato, saltó de la cama y dijo:

—Ahora sí que estoy salvado. Estaba como hechizado, porque la otra princesa me había embrujado para que te olvidara, pero Dios nos ha ayudado.

Los dos escaparon juntos del palacio en plena noche, temiendo al padre de la princesa, que era un mago. Se subieron al pájaro grifo, cruzaron el mar Rojo, y cuando estaban en el medio, ella dejó caer la nuez. Al instante creció un gran nogal sobre el agua, el grifo descansó en él, y luego los llevó hasta su hogar, donde encontraron a su hijo, que ya era grande y hermoso. Y desde entonces vivieron felices hasta el fin de sus días.

LA BELLA DURMIENTE

Vivían en tiempos remotos un rey y una reina que todos los días exclamaban:

—¡Ah, si tuviéramos un hijito! —pero nunca llegaba ninguno.

Cierto día, mientras la reina se bañaba en el río, una rana saltó a la orilla y le dijo:

—Se cumplirá tu deseo; antes de un año darás a luz una hija.

Y sucedió tal como la rana había anunciado: la reina tuvo una niña tan hermosa, que el rey no cabía en sí de alegría y organizó una gran fiesta. Invitó no solo a sus parientes, amigos y conocidos, sino también a las hadas, con la esperanza de que fueran generosas con su pequeña. Había trece hadas en el reino, pero el soberano solo tenía doce platos de oro para servirlas en el banquete, así que no tuvo más remedio que dejar de invitar a una.

Se celebró el banquete con todo esplendor y, al terminar, cada una de las hadas concedió un don a la niña recién nacida. Una le otorgó la virtud; la segunda, la belleza; la tercera, la riqueza; y así, sucesivamente, dotándola de cuanto hay de deseable en el mundo.

Cuando ya once habían pronunciado su don, de pronto se presentó el hada número trece, que, deseando vengarse por no haber sido invitada, sin saludar ni mirar a nadie, exclamó:

—La princesa se pinchará con un huso al cumplir quince años y morirá.

Y, sin añadir una sola palabra más, dio media vuelta y salió de la sala.

Todos los presentes quedaron aterrados. Aún faltaba una de las hadas por conceder su don: la duodécima, que si bien no tenía poder para deshacer la maldición, sí podía suavizarla. Se adelantó entonces y dijo:

—La princesa no morirá, sino que caerá en un sueño profundo que durará cien años.

El rey, ansioso por proteger a su hijita de la desgracia que la amenazaba, promulgó una ley ordenando quemar todos los husos que hubiera en el reino.

Mientras tanto, en la muchacha iban apareciendo todas las gracias concedidas por las hadas: era hermosa, modesta, afable y sensata. Todo el que la conocía quedaba encantado con ella.

El día en que cumplió quince años, el rey y la reina estaban ausentes del palacio, y la joven quedó sola. Aprovechó la ocasión para recorrerlo por completo, entrando en todas las habitaciones y salones que quiso. Finalmente, llegó a una antigua torre. Subiendo por una estrecha escalera de caracol, encontró una pequeña puerta con una llave oxidada en la cerradura. La giró, abrió la puerta y vio en una pequeña estancia a una mujer muy vieja que hilaba lino con un huso.

—Buenos días, abuelita —dijo la princesa—. ¿Qué estás haciendo?

—Estoy hilando —respondió la anciana, moviendo la cabeza.

—¿Y qué es eso que gira tan alegremente? —preguntó la muchacha, y, tomando el huso, quiso hilar también.

Pero apenas lo tocó, se cumplió la profecía: se pinchó el dedo con él.

En ese mismo instante cayó sin sentido sobre la cama que había en el cuarto y quedó profundamente dormida. Su sueño se extendió por todo el palacio. El rey y la reina, que acababan de regresar y estaban en el salón, se quedaron dormidos, y con ellos toda la corte. También se durmieron los caballos en la caballeriza, los perros en el patio, las palomas en el tejado, y hasta las moscas en la pared... Incluso el fuego que ardía en la chimenea quedó inmóvil, el asado dejó de cocerse, y el cocinero, que estaba a punto de tirar de las orejas al pinche por alguna travesura, lo soltó y se quedó dormido. El viento cesó, y en los árboles que rodeaban el palacio no se movía ni una sola hoja.

Pero alrededor del castillo empezó a crecer un seto de rosales silvestres que cada año se volvía más alto, hasta que terminó por cubrir todo el edificio, de modo que ya no se veía nada, ni siquiera el estandarte que ondeaba en la torre más alta.

En todo el país se difundió la leyenda de la hermosa princesa dormida, a quien llamaron desde entonces Rosa Silvestre. De vez en cuando llegaban príncipes decididos a atravesar el seto espinoso para entrar al palacio, pero nunca lo lograban. Los rosales, como si tuvieran manos, los atrapaban y los retenían, y los pobres morían atrapados en sus espinas.

Pasaron muchos años, hasta que llegó al país el hijo de un rey. Un anciano le contó la historia del seto espinoso y del palacio oculto, donde dormía una bellísima princesa llamada Rosa Silvestre, junto con el rey, la reina y toda la corte. También le contó que muchos príncipes lo habían intentado antes, pero todos habían muerto atrapados por las espinas.

Entonces dijo el joven:

—No tengo miedo. Iré a ver a la princesa dormida.

El anciano intentó disuadirlo, pero el príncipe no hizo caso.

Justo en ese momento se cumplían los cien años, y había llegado el día del despertar. Al acercarse el príncipe al seto de rosales silvestres, las grandes flores se abrieron por sí solas, dejándolo pasar sin hacerle daño, y luego se cerraron detrás de él, formando nuevamente una barrera.

En el patio del palacio vio a los caballos y a los perros de caza durmiendo, y en el tejado, las palomas inmóviles con la cabeza bajo el ala. Al entrar en el edificio, vio a las moscas dormidas en la pared, al cocinero con la mano alzada, listo para golpear al pinche, y a la criada sentada frente a un pollo que aún no había terminado de desplumar.

En el gran salón, toda la corte yacía dormida, y en el trono estaban el rey y la reina. Continuó su camino, y en todas partes reinaba un silencio tal, que podía oír su propia respiración.

Finalmente, llegó a la torre y abrió la puerta del pequeño cuarto donde dormía Rosa Silvestre. Yacía en la cama, tan hermosa, que el joven no pudo apartar la mirada. Se inclinó y le dio un beso. Apenas sus labios tocaron los de ella, la princesa abrió los ojos y, al despertar, le dirigió una mirada llena de amor.

Bajaron juntos y despertaron al rey, a la reina y a toda la corte, quienes se miraban unos a otros con asombro. Los caballos del establo se incorporaron y sacudieron; los perros de caza comenzaron a brincar y a mover la cola; las palomas en el tejado sacaron la cabeza de debajo del ala y echaron a volar; las moscas reanudaron su vuelo en la pared; el fuego del hogar se avivó, echó llamas y volvió a cocer la comida; el asado empezó a chisporrotear otra vez; el cocinero le dio al pinche un bofetón tan fuerte que el muchacho soltó un grito, y la criada terminó de desplumar el pollo.

Y con el mayor esplendor se celebró la boda del príncipe con la princesa, y todos vivieron felices para siempre.

LA BODA DIVINA

Una vez, un pobre muchacho campesino oyó decir al párroco en la iglesia:

—El que quiera llegar al cielo tiene que ir siempre en línea recta.

Así que se puso en camino y siguió adelante sin cesar, siempre en línea recta, sin desviarse por montes ni valles. Finalmente, su camino lo condujo a una gran ciudad, justo en medio de una iglesia donde se estaba celebrando el oficio divino. Al ver toda aquella magnificencia, creyó que había llegado al cielo, y, gozoso, se sentó.

Cuando terminó el oficio, el sacristán le dijo que saliera, pero él respondió:

—No, yo no salgo; estoy contento de estar en el cielo.

Entonces el sacristán fue a ver al párroco y le dijo que había un muchacho en la iglesia que no quería salir, porque creía que estaba en el Reino de los Cielos.

El párroco dijo:

—Si él lo cree así, dejémoslo dentro.

Luego fue en su busca y le preguntó si le gustaría trabajar.

—Sí —contestó el muchacho, acostumbrado como estaba a trabajar—, pero yo ya no salgo del cielo.

Se quedó, pues, en la iglesia. Y cuando veía que la gente venía a orar ante la imagen de la Virgen con el Niño Jesús tallado en madera, pensaba: "Ese es Dios".

Y dijo:

—Oye, querido Dios, hay que ver lo delgado que estás. Seguro que la gente te deja pasar hambre, pero yo te daré cada día la mitad de mi comida.

Desde ese momento, le llevó a la imagen, todos los días, la mitad de su comida, y a la imagen comenzó a gustarle lo que le llevaba. Unas semanas después, la gente notó que la imagen había engordado y se veía más robusta, y se maravillaron enormemente.

El párroco tampoco podía entenderlo, así que se quedó vigilando al niño dentro de la iglesia. Entonces vio cómo el muchacho le daba pan a la Madre de Dios, y cómo ella lo aceptaba.

Poco tiempo después, el niño se enfermó y durante ocho días no pudo levantarse de la cama. Cuando por fin pudo ponerse de pie, lo primero que hizo fue llevarle su comida a la Madre de Dios. El párroco lo siguió y lo oyó decir:

—Querido Dios, no te enojes conmigo porque estos días no te traje nada; estuve enfermo y no podía levantarme.

Entonces la imagen contestó:

—He visto tu buena voluntad, y eso me basta. El domingo que viene vendrás conmigo a la boda.

El niño se alegró muchísimo y fue a contárselo al párroco. Este le pidió que fuera a preguntarle a la imagen si él también podía ir con ellos.

—No —contestó la imagen—, solo tú.

El párroco quiso prepararlo antes y luego darle la Comunión. El muchacho se alegró mucho por ello, y el domingo siguiente, justo después de recibir la Comunión, se desplomó muerto.

Estaba celebrando la boda divina.

LA BOLA DE CRISTAL

Érase una vez una bruja que tenía tres hijos. Los tres hermanos se querían sinceramente, pero la vieja desconfiaba de ellos, pues creía que querían arrebatarle su poder. Entonces convirtió al mayor en un águila, que se fue a vivir a una montaña rocosa, y a veces se le veía cernirse en el cielo, describiendo grandes círculos de arriba abajo. Al segundo lo transformó en una ballena, que se sumergió en las profundidades del mar, y solamente se le veía de vez en cuando cuando lanzaba un poderoso chorro de agua hacia la superficie. Ambos recobraban su forma humana solo durante dos horas al día.

El tercer hijo, temiendo que su madre también quisiera transformarlo en un animal feroz —en un oso o un lobo—, decidió marcharse secretamente de la casa.

Había escuchado decir que en el palacio del Sol Dorado vivía una princesa encantada que esperaba ser liberada. Pero estaba en juego la vida de quien intentara salvarla: veintidós jóvenes ya habían muerto de forma miserable, y solo uno más podría intentarlo. Después, ya no habría más oportunidades.

Como su corazón no conocía el miedo, decidió buscar el palacio del Sol Dorado. Caminó durante mucho tiempo sin poder encontrarlo, hasta que fue a dar con un gran bosque del que no sabía cómo salir. De pronto, divisó a lo lejos a dos gigantes que le hacían señas. Cuando se acercó a ellos, le dijeron:

—Estamos peleando por un sombrero para ver quién se lo queda, pero como somos igual de fuertes, ninguno puede vencer al otro. Los hombres pequeños son más listos que nosotros y, por eso, queremos dejarte a ti la decisión.

—¿Pero cómo pueden pelearse por un sombrero? —dijo el joven.

—Tú no sabes las cualidades que tiene: es un sombrero maravilloso, y quien se lo pone puede desear estar en cualquier lugar, y aparecerá allí en un instante.

—Denme el sombrero —dijo el joven—. Me adelantaré un poco y, cuando los llame, corran: el primero que me alcance se lo llevará.

Se puso el sombrero y siguió caminando, sin dejar de pensar en la princesa. Se olvidó por completo de los gigantes y siguió su camino. De pronto, suspiró profundamente y dijo:

—¡Ay! ¡Si estuviera ya en el palacio del Sol Dorado...!

Apenas había dicho estas palabras, cuando se encontró en lo alto de una gran montaña, justo ante la entrada del palacio.

Entró y recorrió todas las habitaciones, hasta que en la última encontró a la princesa. ¡Pero qué horror al verla! Su rostro tenía un color gris ceniza, lleno de arrugas; sus ojos estaban turbios y su cabello, rojo.

—¿Eres tú la princesa cuya belleza alaba todo el mundo? —exclamó.

—¡Ay! —respondió ella—. Esta no es mi verdadera apariencia; los ojos humanos solo pueden verme bajo esta fealdad. Pero, para que sepas cómo soy en realidad, mira en este espejo, que no se deja engañar: él te mostrará mi imagen verdadera.

Le dio el espejo en la mano, y él vio reflejada la imagen de la doncella más hermosa de la tierra, con lágrimas rodando por sus mejillas a causa de la tristeza.

Entonces el joven preguntó:

—¿Y qué hay que hacer para liberarte? No le temo a ningún peligro.

Ella respondió:

—El que consiga la bola de cristal y la ponga ante el mago romperá su poder, y yo recuperaré mi verdadera apariencia. ¡Ay! —añadió—. Muchos ya han perdido la vida en el intento, y me da pena que arriesgues tu sangre joven ante peligros tan grandes.

—Nada me detendrá —dijo él—, pero dime qué debo hacer.

—Debes saberlo todo —dijo la princesa—. Cuando bajes la montaña donde se encuentra el palacio, verás en un manantial un urogallo salvaje, y deberás luchar contra él. Si logras vencerlo, se convertirá en un pájaro de fuego que volará llevando en su interior un huevo ardiente, en cuya yema se encuentra escondida la bola de cristal. No dejará caer el huevo a menos que se vea obligado a hacerlo, pero si el huevo cae a tierra, prenderá fuego a todo lo que tenga cerca, y él mismo se derretirá junto con la bola de cristal. Entonces todos tus esfuerzos habrán sido en vano.

El joven descendió hacia el manantial, donde el urogallo resoplaba y gruñía. Después de una larga pelea, logró clavarle su espada, y el animal cayó. En ese instante, de su cuerpo surgió un pájaro de fuego que quiso alejarse volando. Pero un águila que surcaba las nubes —su hermano mayor— se lanzó sobre él, lo persiguió hasta el mar y lo atacó a picotazos, hasta que el pájaro dejó caer el huevo.

El huevo no cayó al mar, sino sobre una cabaña de pescadores, que enseguida empezó a echar humo y a arder. Pero entonces, del mar surgieron dos enormes olas que anegaron la cabaña y apagaron el fuego.

Era su otro hermano, la ballena, que se había acercado nadando y había hecho subir el agua hasta la superficie. Cuando el fuego se extinguió, el joven buscó el huevo y tuvo la suerte de encontrarlo intacto. No se había derretido, pero la cáscara, al enfriarse tan rápido por el agua, se había quebrado, y pudo sacar la bola de cristal sin daño alguno.

El joven se presentó ante el mago y le puso la bola de cristal delante. Entonces el mago dijo:

—Mi poder ha sido destruido y, de ahora en adelante, tú serás el rey del palacio del Sol Dorado. También podrás devolverle a tus hermanos su forma humana.

El joven fue enseguida a buscar a la princesa, y al entrar en su habitación, la encontró en todo el esplendor de su belleza. Llenos de alegría, se intercambiaron los anillos.

LA CENICIENTA

Un hombre rico tenía a su esposa muy enferma, y cuando vio que se acercaba su fin, llamó a su hija única y le dijo:

—Querida hija, sé piadosa y buena. Dios te protegerá desde el cielo, y yo no me apartaré de tu lado y te bendeciré.

Poco después cerró los ojos y murió. La niña iba todos los días a llorar al sepulcro de su madre y continuó siendo siempre piadosa y buena.

Llegó el invierno y la nieve cubrió el sepulcro con su blanco manto. Llegó la primavera, el sol doró las flores del campo, y el padre de la niña se casó de nuevo.

La nueva esposa trajo consigo a sus dos hijas, que tenían un rostro muy hermoso, pero un corazón duro y cruel. Entonces comenzaron tiempos muy difíciles para la pobre huérfana.

—No queremos que esa gansa esté sentada a nuestro lado. Que se gane el pan que come. Que se vaya a la cocina con la criada.

Le quitaron sus vestidos bonitos, le pusieron una falda remendada y vieja, y le dieron unos zuecos.

—¡Qué sucia está la orgullosa princesa! —decían riéndose.

La mandaron a la cocina, donde debía trabajar desde la mañana hasta la noche. Tenía que levantarse temprano, acarrear agua, encender el fuego, coser y lavar. Además, sus hermanastras le hacían todo el daño posible: se burlaban de ella y le tiraban la comida al fuego para obligarla a recogerla. Por la noche, cuando estaba agotada de tanto trabajar, no podía acostarse, pues no tenía cama, y dormía recostada al lado del hogar. Como siempre estaba cubierta de polvo y ceniza, comenzaron a llamarla Cenicienta.

Sucedió que una vez el padre fue a una feria y preguntó a sus hijastras qué querían que les trajera.

—Un bonito vestido —dijo una.

—Una sortija con piedras preciosas —añadió la otra.

—¿Y tú, Cenicienta, qué quieres? —le preguntó él.

—Padre, tráeme la primera rama que roce tu sombrero en el camino —respondió ella.

El padre compró a sus hijastras vestidos lujosos y joyas finas. De regreso, al pasar por un bosque cubierto de verdor, una rama de zarza rozó su sombrero. La cortó y, al llegar a casa, entregó a sus hijastras lo que le habían pedido y le dio la rama a Cenicienta. Ella se lo agradeció con alegría, corrió al sepulcro de su madre, la plantó sobre la tumba y lloró tanto que, regada por sus lágrimas, la rama pronto creció y se convirtió en un hermoso árbol. Cenicienta iba tres veces al día a ver el árbol, oraba y lloraba debajo de él, y siempre bajaba un pajarillo que se posaba en sus ramas. Cada vez que Cenicienta expresaba un deseo, el pajarillo se lo concedía.

Por esos días, el rey organizó unas grandes fiestas que durarían tres días. Invitó a todas las jóvenes del reino para que su hijo eligiera esposa. Cuando las dos hermanastras supieron que iban al baile, llamaron a Cenicienta y le dijeron:

—Péinanós, límpianos los zapatos y acomoda bien las hebillas. Vamos al baile en el palacio del rey.

Cenicienta las escuchó llorando, pues habría querido ir también. Suplicó a su madrastra que la dejara acompañarlas.

—Cenicienta —dijo la madrastra—, ¿tú quieres ir a un baile? Estás cubierta de polvo y ceniza, no tienes vestido ni zapatos. ¿Quién querría bailar contigo?

Pero como insistiera, le dijo por fin:

—Se ha caído un plato de lentejas en la ceniza. Si las recoges todas en menos de dos horas, podrás venir con nosotras.

Cenicienta salió al jardín por la puerta trasera y dijo:

—Tiernas palomas, amables tórtolas, pájaros del cielo, vengan todos a ayudarme a recoger.

Las buenas al puchero,
las malas al caldero.

Entonces entraron por la ventana de la cocina dos palomas blancas, después dos tórtolas, y por último comenzaron a revolotear alrededor del hogar todos los pájaros del cielo. Bajaron a la ceniza, y las palomas picoteaban diciendo "pi, pi", mientras los demás pájaros también decían "pi, pi", y separaban las lentejas buenas en el plato. Antes de que pasara una hora, ya habían terminado y se marcharon volando.

Cenicienta, llena de alegría, llevó el plato a su madrastra, creyendo que la dejaría ir al baile. Pero ella dijo:

—No, Cenicienta. No tienes vestido ni sabes bailar. Se reirían de nosotras.

Y al verla llorar, añadió:

—Si puedes recoger dos platos llenos de lentejas de entre la ceniza en menos de una hora, entonces podrás venir.

Pensaba en realidad que no sería capaz de lograrlo. Volcó dos platos de lentejas en la ceniza y se marchó. Pero Cenicienta salió al jardín y repitió:

—Tiernas palomas, amables tórtolas, pájaros del cielo, vengan todos a ayudarme a recoger.

Las buenas al puchero,
las malas al caldero.

Entraron por la ventana dos palomas blancas, luego dos tórtolas, y por último una bandada de pájaros del cielo, que revolotearon y bajaron hasta la ceniza. Las palomas picoteaban diciendo "pi, pi", y los demás pájaros hacían lo mismo. En menos de media hora ya estaba todo terminado, y los granos buenos puestos en el plato. Luego se marcharon volando.

Cenicienta, muy feliz, llevó el plato a su madrastra, segura de que esta vez sí la dejaría ir al baile. Pero la mujer respondió:

—Todo es inútil. No puedes venir porque no tienes vestido y no sabes bailar. Se burlarían de nosotras.

Pero al ver que lloraba, añadió:

—Si puedes recoger de entre la ceniza dos platos llenos de lentejas en una hora, irás con nosotras.

Creyendo en su interior que no podría hacerlo, vertió los dos platos de lentejas en la ceniza y se marchó. Pero la joven salió entonces al jardín por la puerta trasera y volvió a decir:

—Tiernas palomas, amables tórtolas, pájaros del cielo, vengan todos y ayúdenme a recoger:

Las buenas en el puchero,
las malas en el caldero.

Entraron por la ventana de la cocina dos palomas blancas, luego dos tórtolas, y por último comenzaron a revolotear alrededor del hogar todos los pájaros del cielo, que terminaron bajando a la ceniza.

Las palomas picoteaban con sus piquitos diciendo "pi, pi", y los demás pájaros comenzaron también a decir "pi, pi", y pusieron todas las lentejas buenas en el plato. Aún no había transcurrido media hora cuando ya estaba todo listo y se marcharon volando.

Llevó la niña, llena de alegría, el plato a su madrastra, creyendo que le permitiría ir a la boda, pero esta le dijo:

—Todo es inútil. No puedes venir porque no tienes vestido y no sabes bailar; se burlarían de nosotras.

Le volvió entonces la espalda y se marchó con sus orgullosas hijas.

En cuanto quedó sola en casa, Cenicienta fue al sepulcro de su madre, debajo del árbol, y comenzó a decir:

Arbolito pequeño,
dame un vestido;
que sea, de oro y plata,
muy bien tejido.

El pájaro le dio entonces un vestido de oro y plata y unos zapatos bordados de plata y seda. Enseguida se puso el vestido y se marchó a la boda. Sus hermanas y madrastra no la reconocieron, creyendo que sería alguna princesa extranjera, pues les pareció muy hermosa con su vestido de oro, y ni siquiera se acordaban de Cenicienta, creyendo que estaría mondando lentejas sentada junto al fogón.

Salió a su encuentro el hijo del Rey, la tomó de la mano y bailó con ella, sin permitir que bailara con nadie más, pues no la soltó. Y si se acercaba algún otro a invitarla, él decía:

—Es mi pareja.

Bailaron hasta el amanecer y entonces ella decidió marcharse. El príncipe dijo:

—Iré contigo y te acompañaré.

Deseaba saber quién era aquella joven, pero ella se despidió y saltó al palomar.

Entonces el hijo del Rey esperó a que llegara su padre y le dijo que la doncella extranjera había saltado al palomar. El anciano creyó que debía ser Cenicienta; trajeron una piqueta y un martillo para derribar el palomar, pero no había nadie dentro. Cuando llegaron a la casa, encontraron a Cenicienta sentada junto al hogar con sus ropas sucias, y un candil humeante ardía en la chimenea, pues ella había salido del palomar muy rápido y corrido hacia el sepulcro de su madre, donde se quitó los hermosos vestidos, que se llevó el pájaro, y después se fue a sentar con su ropa gris a la cocina.

Al día siguiente, cuando llegó la hora en que iba a comenzar la fiesta y sus padres y hermanas se marcharon, Cenicienta corrió junto al arbolito y dijo:

Arbolito pequeño,
dame un vestido;
que sea, de oro y plata,
muy bien tejido.

Entonces el pájaro le dio un vestido mucho más hermoso que el del día anterior. Cuando se presentó en la boda con aquel traje, todos quedaron admirados de su extraordinaria belleza. El príncipe, que la estaba esperando, le tomó la mano y bailó toda la noche con ella. Cuando otro se acercaba a invitarla, decía:

—Es mi pareja.

Al amanecer, ella manifestó deseos de marcharse, pero el hijo del Rey la siguió para ver a qué casa entraba. De pronto, Cenicienta se metió en el jardín detrás de su casa. Allí había un hermoso árbol muy grande, del cual colgaban peras relucientes; Cenicienta trepó hasta sus ramas y el príncipe no pudo ver por dónde había ido. Esperó a que llegara su padre y le dijo:

—La doncella extranjera se me ha escapado; me parece que ha saltado al peral.

El padre pensó que debía ser Cenicienta; mandó traer un hacha y derribó el árbol, pero no había nadie en él. Cuando llegaron a la casa, Cenicienta estaba sentada en el hogar, igual que la noche anterior, pues había saltado por el otro lado del árbol y corrido al sepulcro de su madre, donde dejó con el pájaro sus hermosos vestidos y volvió a ponerse su ropa gris.

Al día siguiente, cuando sus padres y hermanas se marcharon, Cenicienta fue de nuevo al sepulcro de su madre y dijo al arbolito:

Arbolito pequeño,
dame un vestido;
que sea, de oro y plata,
muy bien tejido.

Entonces el pájaro le dio un vestido mucho más hermoso y magnífico que los anteriores, y los zapatos eran completamente de oro. Cuando se presentó en la boda con aquel vestido, nadie encontraba palabras para expresar su asombro. El príncipe bailó toda la noche con ella, y cuando otro se acercaba a invitarla, decía:

—Es mi parej Al amanecer, Cenicienta se empeñó en marcharse, y el príncipe en acompañarla, pero ella se escapó con tal ligereza que no pudo seguirla. Sin embargo, el hijo del Rey había mandado untar toda la escalera con pega, y el zapato izquierdo de la joven quedó pegado en ella. El príncipe lo recogió y vio que era muy pequeño, bonito y todo de oro.

Al día siguiente fue a ver al padre de Cenicienta y le dijo:

—He decidido que será mi esposa la joven a quien le quede este zapato de oro.

Se alegraron mucho las dos hermanas, porque tenían los pies muy bonitos. La mayor entró con el zapato en su cuarto para probárselo; su madre estaba a su lado, pero no podía ponérselo, porque sus dedos eran demasiado largos y el zapato muy pequeño. Al verlo, su madre le dijo, alargándole un cuchillo:

—Córtate los dedos, pues cuando seas reina no andarás nunca a pie.

La joven se cortó los dedos, metió el pie en el zapato, ocultó el dolor y salió a reunirse con el hijo del Rey, que la subió a su caballo como si fuera su prometida y se marchó con ella. Pero al pasar junto al sepulcro de la primera esposa de su padrastro, en cuyo árbol había dos palomas, estas comenzaron a decir:

No sigas más adelante,
detente a ver un instante,
que el zapato es muy pequeño
y esa novia no es su dueño.

El príncipe se detuvo, miró los pies de la joven y vio correr la sangre. Entonces dio la vuelta, la llevó de regreso a su casa y dijo que no era la muchacha que buscaba. Pidió que se probara el zapato la otra hermana. Ella entró en su cuarto, y aunque le entraba por delante, su talón era demasiado grueso. Entonces su madre le alargó un cuchillo y le dijo:

—Córtate un pedazo del talón, pues cuando seas reina no andarás nunca a pie.

La joven se cortó un pedazo del talón, metió el pie en el zapato y, ocultando el dolor, salió a ver al hijo del Rey, que la subió a su caballo como si fuera su prometida y se marchó con ella. Pero al pasar frente al árbol, las dos palomas comenzaron a decir:

No sigas más adelante,
detente a ver un instante,
que el zapato es muy pequeño
y esa novia no es su dueño.

El príncipe se detuvo, le miró los pies y vio correr la sangre. Dio la vuelta y condujo de nuevo a su casa a la novia fingida.

—Tampoco es esta la que busco —dijo—. ¿Tienen otra hija?

—No —contestó el padre—. De mi primera esposa tengo una pobre muchacha a la que llamamos Cenicienta, porque siempre está en la cocina, pero no puede ser la novia que buscas.

El hijo del Rey insistió en verla, pero la madrastra replicó:

—No, no, está demasiado sucia como para mostrarla.

Sin embargo, él insistió en que saliera, y tuvieron que llamar a Cenicienta. Primero se lavó la cara y las manos, y luego salió ante el príncipe, que le alargó el zapato de oro. Ella se sentó en su banco, se quitó el pesado zueco y se puso el zapato, que le quedó perfectamente.

Al levantarse, el príncipe le vio el rostro y reconoció a la hermosa doncella con la que había bailado. Entonces dijo:

—Esta es mi verdadera prometida.

La madrastra y las dos hermanas se pusieron pálidas de ira, pero él subió a Cenicienta en su caballo y se marchó con ella. Al pasar por delante del árbol, las dos palomas blancas dijeron:

Sigue, príncipe, sigue adelante
sin parar un solo instante,
pues ya encontraste el dueño
del zapatito pequeño.

Después de decir esto, echaron a volar y se posaron en los hombros de Cenicienta, una en el derecho y otra en el izquierdo.

Cuando se celebró la boda, las hermanas falsas fueron a acompañarla y a compartir su felicidad. Al dirigirse los novios a la iglesia, la hermana mayor iba a la derecha y la menor a la izquierda, y las palomas que llevaba Cenicienta en los hombros picaron a la mayor en el ojo derecho y a la menor en el izquierdo, dejándolas tuertas. Al regresar, la mayor se colocó a la izquierda y la menor a la derecha, y las palomas les picaron el otro ojo a cada una, dejándolas ciegas por toda la vida, como castigo por su falsedad y envidia.

LA CHUSMA

Había una vez un gallito que le dijo a la gallinita:

—Las nueces están maduras. Vayamos juntos a la montaña y démosnos un buen festín antes de que la ardilla se las lleve todas.

—Sí —dijo la gallinita—, vamos a darnos ese gusto.

Se fueron los dos juntos y, como el día estaba claro, se quedaron hasta la tarde. No sé muy bien si fue por lo mucho que comieron o porque se pusieron muy arrogantes, pero el caso es que no quisieron regresar a casa caminando, así que el gallito tuvo que construir un pequeño coche con cáscaras de nuez. Cuando estuvo terminado, la gallinita se subió y le dijo al gallito:

—Anda, ya puedes engancharte para tirar del coche.

—¡No! —dijo el gallito—. ¡Vaya lo que me faltaba! ¡Prefiero irme a casa caminando antes que tirar del coche! ¡Eso no era lo acordado! Yo quiero ser el cochero y sentarme en el pescante, pero tirar yo… ¡eso sí que no lo haré!

Mientras discutían, llegó un pato graznando:

—¡Eh, ustedes, ladrones! ¿Quién les mandó venir a mi montaña de las nueces? ¡Lo van a pagar caro!

Dicho esto, se abalanzó sobre el gallito. Pero este tampoco se quedó quieto: arremetió contra el pato y le clavó el espolón con tanta fuerza que el pato terminó suplicando clemencia. Como castigo, accedió a dejarse enganchar al coche. El gallito se sentó en el pescante, hizo de cochero y partieron al galope.

—¡Pato, corre todo lo que puedas!

Cuando ya habían recorrido un tramo del camino, se encontraron a dos caminantes: un alfiler y una aguja de coser. Los dos les hicieron señas para que se detuvieran y les dijeron que pronto caería la noche y ya no podrían dar ni un paso más. Además, el camino estaba muy sucio, y preguntaron si podían subirse un rato; habían estado en la taberna del sastre tomando cerveza y se les había hecho tarde. El gallito, como eran livianos y no ocupaban mucho espacio, aceptó dejarlos subir, pero tuvieron que prometerle que no lo pisarían.

Ya al anochecer, llegaron a una posada. Como no querían seguir viajando de noche, y el pato, además, ya no andaba bien y se caía de lado, decidieron entrar. Al principio el posadero puso muchos reparos y dijo que su casa ya estaba llena. Tal vez pensó que esos viajeros no eran gente muy distinguida. Sin embargo, terminó aceptando cuando le dijeron con buenas palabras que le darían el huevo que la gallinita había puesto en el camino, y que además podía quedarse con el pato, que ponía uno todos los días.

Entonces se hicieron servir como reyes y se dieron la buena vida.

Por la mañana temprano, cuando apenas comenzaba a amanecer y la casa aún dormía, el gallito despertó a la gallinita, recogió el huevo, lo rompió de un picotazo y ambos se lo comieron; la cáscara, en cambio, la tiraron al fogón. Luego fueron hasta donde dormía la aguja de coser, la agarraron por la cabeza y la clavaron en el cojín del sillón del posadero; al alfiler lo metieron en la toalla. Después, sin decir nada, se marcharon volando por los campos.

El pato, que había dormido al raso en el patio, oyó el zumbido cuando ellos se marchaban, se despabiló, encontró un arroyo y se fue nadando corriente abajo, mucho más rápido que cuando tiraba del coche.

Un par de horas más tarde, el posadero se levantó de la cama, fue a lavarse y, cuando se secó con la toalla, se rasguñó la cara con el alfiler. Luego fue a la cocina y quiso encender su pipa, pero al acercarse al fogón, las cáscaras del huevo le saltaron a los ojos.

—¡Esta mañana todo me cae encima! —dijo, y se sentó enojado en su sillón—. ¡Ay, ay, ay!

La aguja de coser le había picado en un lugar aún peor, y no precisamente en la cabeza. Entonces se puso furioso y sospechó de los huéspedes que habían llegado tan tarde la noche anterior. Pero cuando fue a buscarlos, vio que ya se habían marchado.

Así juró que no volvería a recibir en su posada a gente como esa, que corre mucho, no paga nada y encima le paga con malas jugadas.

LA GENTE ASTUTA

Un buen día, un campesino tomó su bastón de carpe del rincón y le dijo a su mujer:

—Trina, me voy ahora de excursión y volveré dentro de tres días. Si durante ese tiempo viene el tratante de ganado y quiere comprar nuestras tres vacas, puedes venderlas, pero no por menos de doscientos táleros, ¿me oyes?

—Ve tranquilo, en nombre de Dios —dijo la mujer—, así lo haré.

—Sí —dijo el hombre—. De niña te caíste de cabeza y todavía te resientes. Pero te advierto que, si haces alguna tontería, te voy a pintar las costillas sin necesidad de pintura: me bastará con el bastón que tengo en la mano, y esa pintura te durará un año, puedes estar segura.

Después de esto, el hombre emprendió su camino.

A la mañana siguiente llegó el tratante de ganado y la mujer no necesitó hablar mucho con él. Cuando vio las vacas y oyó el precio, dijo:

—Te lo daré con gusto, eso es lo que valen entre conocidos. Me las llevaré de inmediato.

Las desató de las cadenas y las sacó del establo. Cuando ya iba a salir por la puerta del patio, la mujer lo tomó por la manga y dijo:

—Dame primero los doscientos táleros; si no, no puedo dejarte marchar.

—Está bien —contestó el hombre—, sólo que me olvidé el talego del dinero. Pero no te preocupes. Para que estés tranquila hasta que te pague, me llevaré dos vacas y te dejaré la tercera como garantía. Así tienes una buena seguridad.

A la mujer le pareció bien, dejó que el hombre se fuera con las vacas y pensó:

«Qué alegría va a tener Juan cuando vea lo inteligente que he sido.»

Al tercer día, el campesino volvió a casa como había dicho y preguntó enseguida si había vendido las vacas.

—Claro que sí, querido Juan —contestó la mujer—. Por doscientos táleros, como tú dijiste. No valen tanto, pero el hombre se las llevó sin decir nada.

—¿Dónde está el dinero? —preguntó el campesino.

—El dinero no lo tengo —respondió la mujer—. Justo se había olvidado el talego, pero dijo que volverá de inmediato. Me dejó una buena garantía.

—¿Qué clase de garantía? —dijo el hombre.

—Una de las tres vacas. No se la llevará hasta que pague por las otras. Lo pensé bien, y me quedé con la más pequeña, que es la que menos come.

El hombre se puso furioso y levantó su bastón para darle lo prometido. Pero de pronto lo dejó caer, diciendo:

—Eres la persona más tonta que anda por estos mundos de Dios, pero me das lástima. Saldré al camino y esperaré tres días, a ver si encuentro a alguien más tonto que tú. Si tengo suerte, te libras; pero si no lo encuentro, entonces recibirás tu merecido sin demora.

Salió al camino, se sentó en una piedra y esperó a ver quién pasaba. Entonces vio llegar una carreta, con una mujer que iba de pie en lugar de sentarse sobre el haz de paja que llevaba, o de ir caminando al lado de los bueyes. El hombre pensó:

«Ahí tienes a una que podría ser más tonta.»

Saltó y corrió delante del carro de un lado a otro como si no estuviera bien de la cabeza.

—¿Qué quieres, compadre? —le dijo la mujer—. No sé quién eres ni de dónde vienes.

—Me caí del cielo —contestó el hombre—, y no sé cómo volver. ¿No puedes llevarme hasta allá?

—No —dijo la mujer—, no conozco el camino. Pero si vienes del cielo, podrías decirme cómo está mi esposo, que está allá desde hace tres años. Seguro lo has visto.

—Claro que lo vi —respondió el hombre—, pero no a todos les va bien allá. Está cuidando ovejas, y los animales le dan mucho trabajo. Se escapan por los montes y se pierden, así que tiene que ir tras ellos todo el tiempo. Va hecho un desastre y la ropa se le está cayendo a pedazos. Allá no hay sastres, como sabes, San Pedro no deja entrar a ninguno por aquello del cuento.

—¡Quién lo hubiera imaginado! —dijo la mujer—. ¿Sabes qué? Voy a buscar su chaqueta de los domingos, que todavía está colgada en casa y que puede usar allá con decencia. Si eres tan amable, puedes llevársela.

—Eso no puede ser —contestó el campesino—. No permiten llevar trajes al cielo, te los quitan en la puerta.

—Mira —dijo la mujer—, ayer vendí el trigo y me pagaron bien. Le mandaré el dinero. Si escondes la bolsa en tu cartera, nadie se dará cuenta.

—Si no hay otro remedio —dijo el campesino—, te haré ese favor.

—Quédate aquí sentado —dijo ella—, iré a casa a buscar la bolsa. Vuelvo enseguida. Como voy de pie en la carreta en vez de sentarme sobre el haz de paja, los bueyes van más livianos y avanzan más rápido.

Ella condujo a sus bueyes y el campesino pensó:

"Esta sí que está loca de verdad. Si de verdad trae el dinero, mi mujer estará de suerte, porque no le daré ni un solo golpe".

No había pasado mucho tiempo cuando ella volvió corriendo con el dinero y se lo metió ella misma en el bolsillo. Antes de marcharse, le dio mil gracias por su amabilidad.

Cuando la mujer volvía a su casa, se encontró con su hijo, que regresaba del campo. Ella le contó las cosas tan inesperadas que le habían sucedido y añadió además:

—Me alegra de verdad haber podido enviarle algo a mi pobre esposo. ¡Quién iba a imaginar que le faltaba algo en el cielo!

El hijo quedó enormemente sorprendido:

—Madre —dijo—, un tipo así no cae del cielo todos los días; voy a salir de inmediato a ver si encuentro a ese hombre para que me cuente cómo se vive allá arriba y cómo está el trabajo.

Preparó el caballo y salió cabalgando a toda prisa. Encontró al campesino debajo de un sauce, contando el dinero que había en la bolsa.

—¿No ha visto al hombre que cayó del cielo?

—Sí —contestó el campesino—, ya se puso en camino de regreso y subió por la montaña; desde ahí está algo más cerca.

—¡Vaya! —dijo el joven—. He trabajado todo el día y la cabalgata me ha dejado agotado. Usted, que conoce al hombre, ¿podría hacerme el favor de subir al caballo e ir a convencerlo para que regrese?

«¡Ah! —pensó el campesino—. Aquí hay otro al que no le funciona bien la cabeza.»

—¿Por qué no habría de hacerle ese favor? —dijo.

Se montó y salió al galope. El joven se quedó allí sentado hasta que cayó la noche, pero el campesino no regresó.

«Seguro —pensó— que el hombre del cielo tenía mucha prisa y no quiso volver, y el campesino le dio el caballo para que se lo lleve a mi padre.»

Regresó a su casa y le contó a su madre todo lo que había pasado, que le había mandado el caballo a su padre para que no tuviera que andar caminando todo el tiempo.

—Has hecho bien —contestó ella—. Tú todavía eres joven y puedes ir a pie.

Cuando el campesino regresó a su casa, metió el caballo al establo junto a la vaca que aún quedaba, fue donde estaba su esposa y le dijo:

—Trina, tuviste suerte. Encontré a dos que son todavía más tontos que tú. Por esta vez te salvas de los palos; me los guardaré para otra ocasión.

Luego encendió su pipa, se sentó en la poltrona y dijo:

—Verdaderamente ha sido un buen negocio: por dos vacas flacas, un buen caballo y, además, una gran bolsa de oro. Si la tontería da siempre tan buenos frutos, la respetaré por siempre.

Así pensaba el campesino… pero seguro que a ti te caen mejor las personas sencillas.

LA HIJA DE LA VIRGEN MARÍA

A la entrada de un extenso bosque vivía un leñador con su esposa y una sola hija, una niña de tres años; pero eran tan pobres que no podían mantenerla, pues ni siquiera tenían el pan de cada día. Una mañana, el leñador fue muy triste a trabajar, y mientras partía leña, se le presentó de repente una señora muy alta y hermosa, que llevaba en la cabeza una corona de brillantes estrellas. Dirigiéndose a él, le dijo:

—Soy la señora de este país. Tú eres pobre y miserable; tráeme a tu hija, me la llevaré conmigo, seré como su madre y cuidaré de ella.

El leñador obedeció; fue a buscar a su hija y se la entregó a la señora, quien se la llevó a su palacio.

La niña fue muy feliz allí: comía bizcochos, bebía buena leche, sus vestidos eran de oro y todos procuraban complacerla.

Cuando cumplió catorce años, la señora la llamó un día y le dijo:

—Querida hija, tengo que hacer un viaje muy largo. Te entrego estas llaves de las trece puertas del palacio. Puedes abrir las doce y ver las maravillas que contienen, pero tienes prohibido tocar la decimotercera, que se abre con esta llave pequeña. Ten mucho cuidado de no abrirla, pues te sobrevendrían grandes desgracias.

La joven prometió obedecer, y en cuanto la señora partió, comenzó a visitar las habitaciones; cada día abría una distinta hasta que terminó de ver las doce. En cada una había un trono real, decorado con tal gusto y magnificencia que jamás había visto algo semejante. Se llenaba de alegría, y los pajes que la acompañaban también se alegraban con ella.

Solo le quedaba la puerta prohibida, y sentía un gran deseo de saber qué había dentro. Les dijo a los pajes que la acompañaban:

—No quiero abrirla por completo, solo entreabrirla un poco para ver por la rendija.

—¡Ah, no! —dijeron los pajes—. Sería una falta muy grave. La señora lo ha prohibido, y podrías sufrir una desgracia.

La joven no dijo nada más, pero la curiosidad y el deseo seguían inquietándola por dentro, sin darle descanso. En cuanto los pajes se alejaron, dijo para sí:

—Ahora estoy sola, y nadie puede verme.

Tomó la llave, la puso en la cerradura y la giró. La puerta se abrió y apareció, en medio de un resplandor muy brillante, la estatua de un rey magníficamente ataviado. La luz que de él salía tocó levemente la punta de uno de sus dedos, y este se volvió dorado. Entonces sintió miedo, cerró la puerta de inmediato y echó a correr, pero el miedo no desaparecía. Su corazón latía con fuerza y no lograba calmarse; además, el dorado de su dedo no se quitaba, aunque lo lavó muchas veces.

Pasados algunos días, la señora regresó de su viaje, llamó a la joven y le pidió las llaves del palacio. Cuando se las entregó, le preguntó:

—¿Abriste la puerta número trece?

—No —contestó.

La señora puso la mano sobre su corazón, sintió que latía con fuerza y comprendió que había desobedecido y abierto la puerta prohibida. Aun así, le preguntó otra vez:

—¿De verdad no lo hiciste?

—No —contestó la joven por segunda vez.

La señora miró el dedo dorado, que brillaba donde lo había tocado la luz, y ya no tuvo dudas de que la niña era culpable. Entonces le preguntó por tercera vez:

—¿No abriste la puerta?

—No —respondió la niña por tercera vez.

La señora le dijo entonces:

—No me obedeciste y, además, mentiste. No mereces seguir conmigo en el palacio.

La joven cayó en un profundo sueño, y cuando despertó, se encontró acostada en el suelo, en medio de un lugar desierto.

Quiso llamar, pero no podía pronunciar ni una sola palabra. Se levantó y quiso huir, pero por cualquier parte que intentara salir, se encontraba con un bosque espeso que no podía atravesar. En el círculo donde estaba encerrada encontró un árbol viejo con el tronco hueco, que eligió como refugio. Allí dormía por las noches, y cuando llovía o nevaba, se protegía. Su alimento consistía en hojas y hierbas, que buscaba tan lejos como le era posible llegar.

Durante el otoño reunía una gran cantidad de hojas secas, las llevaba al hueco y, en cuanto llegaba el tiempo de la nieve y el frío, iba a ocultarse en él. Se gastaron al fin sus vestidos y se le cayeron a pedazos, teniendo que cubrirse también con hojas. Cuando el sol volvía a calentar, salía, se sentaba al pie del árbol, y sus largos cabellos la cubrían como un manto por todas partes. Permaneció así largo tiempo, sufriendo todas las miserias y todos los padecimientos imaginables.

Un día de primavera, el rey del país cazaba en ese bosque y perseguía a un corzo; el animal se refugió en la espesura que rodeaba al viejo árbol hueco. El príncipe bajó del caballo, apartó las ramas y se abrió paso con la espada. Cuando logró atravesarlas, vio sentada bajo el árbol a una joven maravillosamente hermosa, cubierta enteramente por su cabellera dorada, desde la cabeza hasta los pies. La miró asombrado y le dijo:

—¿Cómo llegaste a este desierto?

Pero ella no respondió, pues le era imposible articular palabra. Sin embargo, el rey añadió:

—¿Quieres venir conmigo a mi palacio?

Ella asintió con la cabeza. El rey la tomó en brazos, la subió a su caballo y la llevó a su castillo, donde le dio vestidos y todo lo que necesitaba. Aunque no podía hablar, era tan bella y encantadora que el rey se enamoró de ella y se casaron.

Pasó poco más de un año, y la reina dio a luz un hijo. Una noche, estando sola en su cama, se le apareció su antigua señora y le dijo:

—Si estás dispuesta a decir la verdad y confesar que abriste la puerta prohibida, te devolveré la voz. Pero si insistes en tu pecado y en mentir, me llevaré a tu hijo recién nacido.

Entonces la reina pudo hablar, pero sólo dijo:

—No, no abrí la puerta prohibida.

La señora tomó al niño de sus brazos y desapareció con él. A la mañana siguiente, al no encontrar al bebé, corrió el rumor en el palacio de que la reina era una ogra y que lo había matado. Ella oía todo, pero no podía defenderse. El rey, sin embargo, la amaba con demasiada ternura para creer esas habladurías.

Al pasar otro año, la reina dio a luz a otro hijo. La señora volvió a aparecerse por la noche y le dijo:

—Si confiesas que abriste la puerta prohibida, te devolveré a tu hijo y te daré nuevamente la palabra. Pero si te obstinas en tu pecado y sigues mintiendo, también me llevaré a este.

La reina contestó lo mismo que la vez anterior:

—No, no abrí la puerta prohibida.

La señora tomó al niño en sus brazos y desapareció con él. A la mañana siguiente, cuando se supo que también este bebé había desaparecido, se decía a gritos que la reina se lo había comido. Los consejeros del rey exigieron que se la procesara, pero él les negó el permiso y ordenó que no volvieran a hablar del tema bajo pena de muerte.

Al tercer año, la reina dio a luz a una niña. Esa noche, la señora volvió a presentarse y le dijo:

—Sígueme.

Le tomó la mano, la condujo a su palacio y le mostró a sus dos hijos mayores, quienes la reconocieron y jugaron con ella. Como la madre se alegró mucho al verlos, la señora le dijo:

—Si ahora confiesas que abriste la puerta prohibida, te devolveré a tus hijos.

La reina respondió por tercera vez:

—No, no abrí la puerta prohibida.

La señora la llevó de regreso a su cama y le quitó también a su hija recién nacida. A la mañana siguiente, al no encontrarla, todos en el palacio gritaron al unísono:

—¡La reina es una ogra! ¡Debe morir!

Esta vez, el rey no pudo evitar seguir el consejo de sus ministros. La reina fue llevada ante un tribunal, y como no podía hablar ni defenderse, fue condenada a morir en la hoguera.

Ya estaba dispuesta la pira, y ella atada al poste, cuando las llamas comenzaron a rodearla. Entonces el arrepentimiento tocó su corazón.

«Si tan solo pudiera confesar, antes de morir, que abrí la puerta...», pensó.

Y exclamó:

—¡Sí, señora, soy culpable!

Apenas lo dijo, comenzó a llover; apareció la señora, con los dos niños mayores a su lado y la niña recién nacida en brazos, y le habló con ternura:

—Todo el que se arrepiente y confiesa su pecado, es perdonado.

Le devolvió a sus hijos, le desató la lengua y la hizo feliz por el resto de su vida.

LA LUNA

En tiempos muy lejanos existía un país en el que por la noche reinaba siempre la oscuridad, y el cielo se extendía como una sábana negra, pues jamás salía la luna ni brillaban estrellas en el firmamento.

De aquel país salieron un día cuatro jóvenes a recorrer el mundo, y llegaron a unas tierras donde, al anochecer, apenas el sol se ocultaba tras las montañas, aparecía sobre un roble una esfera luminosa que esparcía a gran distancia una luz clara y suave. Aunque no brillaba como el sol, permitía ver y distinguir muy bien los objetos.

Los forasteros se detuvieron a contemplarla y preguntaron a un campesino que pasaba por allí en su carreta qué clase de luz era aquella.

—Es la luna —respondió el hombre—. Nuestro alcalde la compró por tres escudos y la sujetó en la copa del roble. Hay que ponerle aceite todos los días y mantenerla limpia para que brille con claridad. Por eso le pagamos un escudo semanal.

Cuando el campesino se hubo marchado, dijo uno de los jóvenes:

—Esa lámpara nos sería muy útil; en nuestra tierra también tenemos un roble tan alto como este. Podríamos colgarla allí. ¡Qué ventaja sería no tener que andar a tientas por las noches!

—¿Saben qué? —dijo el segundo—. Vamos a buscar un carro y un caballo, y nos llevaremos la luna. Aquí seguramente podrán comprar otra.

—Yo sé subirme a los árboles —intervino el tercero—. Subiré para descolgarla.

El cuarto fue a buscar el carro y el caballo, y el tercero trepó a la copa del roble, hizo un agujero en la luna, pasó una cuerda por él y la bajó.

Cuando ya tenían la brillante esfera en el carro, la cubrieron con una manta para que nadie notara el robo, y así la transportaron, sin contratiempos, hasta su tierra, donde la colgaron de un alto roble. Viejos y jóvenes sintieron gran alegría al ver cómo aquella nueva luminaria iluminaba los campos y llenaba de claridad sus casas y habitaciones. Los enanos salieron de sus cuevas, y los duendecillos, con sus chaquetitas rojas, bailaron en corro por los prados.

Los cuatro se encargaron de poner aceite en la luna y de mantener limpio el pabilo, y por ello recibían un escudo semanal. Pero con el tiempo envejecieron, y cuando uno de ellos enfermó y sintió que su fin se acercaba, pidió que, al enterrarlo, pusieran en su tumba la cuarta parte de la luna, que le pertenecía. Al morir, el alcalde subió al roble y, con unas tijeras de jardinero, cortó un cuarto del astro, que fue colocado en el féretro. La luz de la luna se debilitó, aunque no mucho.

Cuando murió el segundo, cortaron otro cuarto, y la luz volvió a disminuir. Más tenue quedó tras la muerte del tercero, quien también se llevó su parte. Y cuando llegó la hora del cuarto, las tinieblas volvieron a reinar en el país. La gente que salía de noche sin linterna tropezaba a cada paso, y todo eran golpes y caídas.

Pero al reunirse, en el mundo subterráneo, los cuatro fragmentos de la luna e iluminar el reino de las tinieblas eternas, los muertos comenzaron a moverse y a despertar de su último sueño. Se sorprendieron al ver que podían ver de nuevo: la luz de la luna les bastaba, pues sus ojos se habían debilitado tanto que ya no podían soportar el resplandor del sol. Se levantaron de sus tumbas y, alegres, retomaron sus antiguas costumbres: unos se fueron al juego o al baile; otros corrieron a las tabernas, donde se emborracharon, armaron alboroto y pelearon entre sí, acabando por sacar las estacas y darse de golpes unos a otros.

El escándalo fue tan grande que terminó escuchándose en el cielo.

San Pedro, guardián de la puerta del Paraíso, pensó que el mundo de abajo se había rebelado. Reunió a las huestes celestiales para rechazar al enemigo, por si acaso el demonio, al frente de los suyos, intentaba invadir la morada de los justos. Pero al ver que nadie llegaba, montó su caballo y bajó al mundo subterráneo. Allí calmó a los muertos y los hizo regresar a sus tumbas. Luego tomó la luna y la colgó en lo alto del firmamento.

LA OCA DE ORO

Un hombre tenía tres hijos, y al tercero lo llamaban "El Zoquete", pues todos lo menospreciaban y se burlaban de él. Un día, el hijo mayor quiso ir al bosque a cortar leña; su madre le dio una torta de huevos, muy buena y sabrosa, y una botella de vino, para que no pasara hambre ni sed. Al llegar al bosque, se encontró con un hombrecito de pelo gris, muy anciano, que lo saludó cortésmente y le dijo:

—Dame un pedacito de tu torta y un sorbo de tu vino. Tengo hambre y sed.

El muchacho respondió:

—Si te doy de mi torta y de mi vino, apenas me quedará algo para mí. ¡Sigue tu camino y déjame!

Y el viejo quedó plantado, mientras el joven seguía su camino. Se puso a cortar un árbol, pero al poco rato dio un hachazo en falso y se cortó un brazo, por lo que tuvo que regresar a su casa para que lo curaran. Así pagó su mala conducta con el hombrecito.

Luego partió el segundo hermano al bosque. Su madre también le dio una torta y una botella de vino. Igualmente, se le apareció el anciano de cabello gris, quien le pidió un pedazo de torta y un trago de vino. Pero el segundo hijo le respondió de mala gana:

—Si te doy algo, me quedo sin nada. ¡Sigue tu camino!

Y dejando al anciano plantado, se alejó. El castigo no se hizo esperar. Apenas había dado unos cuantos hachazos cuando se hirió en una pierna, y también tuvo que regresar a casa.

Entonces "El Zoquete" dijo:

—Padre, déjame ir al bosque a buscar leña.

—Tus hermanos se han herido —le respondió el padre—; no te metas en esto, porque no entiendes nada.

Pero el muchacho insistió tanto que, al final, el padre dijo:

—Está bien, ve si tanto insistes. A golpes se aprende.

La madre le dio una torta amasada con agua y cocida en las cenizas, y una botella de cerveza agria. Al llegar al bosque, se encontró también con el hombrecito gris, quien lo saludó y le dijo:

—Dame un poco de tu torta y un trago de lo que llevas en la botella, que tengo hambre y sed.

—Lo único que tengo es una torta cocida en las cenizas y cerveza agria —respondió "El Zoquete"—. Pero si te conformas, sentémonos y compartimos.

Se sentaron, y cuando el muchacho sacó la torta, resultó ser un delicioso pastel de huevos, y la cerveza agria se había convertido en un vino excelente.

—Puesto que tienes buen corazón y eres generoso, te daré suerte —le dijo el hombrecito—. ¿Ves aquel árbol viejo? Córtalo, y en su raíz encontrarás algo.

Y con estas palabras, el anciano se despidió.

"El Zoquete" fue al árbol, lo cortó a hachazos, y en la raíz apareció una oca con plumas de oro puro. Se la llevó y entró en una posada para pasar la noche. El dueño tenía tres hijas que, al ver la oca, sintieron gran curiosidad y deseo de quedarse con una de sus plumas doradas.

La mayor pensó: "Seguro que podré arrancarle una pluma cuando nadie me vea", y cuando el muchacho salió de la habitación, intentó arrancarla, pero quedó pegada al ala. Llegó la segunda, con la misma intención, y al tocar a su hermana, quedó pegada también. Por último, llegó la tercera, y las otras le gritaron:

—¡No te acerques, aléjate!

Pero ella, sin entender por qué, pensó que si sus hermanas estaban allí, también podía estarlo. Se acercó, tocó a la segunda… ¡y también quedó pegada! Así pasaron la noche, pegadas a la oca.

A la mañana siguiente, "El Zoquete" tomó la oca bajo el brazo y emprendió el camino de regreso, sin preocuparse por las tres jóvenes, que lo seguían sin poder soltarse, tropezando con cada paso.

En medio del campo se encontraron con el sacerdote, quien, al ver la extraña comitiva, dijo:

—¿No les da vergüenza, descaradas, seguir así a este joven por el campo? ¿Les parece correcto?

Y tomó a la menor por la mano para separarla, pero al tocarla quedó también pegado. Poco después pasó el sacristán y, al ver al cura con las muchachas, preguntó:

—¿A dónde va, padre? ¿Se le olvidó que hoy tenemos bautizo?

Corrió hacia él y lo tomó por la manga… ¡quedando también pegado! Y ya eran cinco los que trotaban detrás de "El Zoquete" y su oca. Luego se encontraron con dos campesinos que regresaban del campo con sus azadones. El cura les pidió ayuda para soltarse, pero al tocar al sacristán, ellos también quedaron atrapados. Y así eran ya siete los que corrían detrás del muchacho y la oca.

Pronto llegaron a una ciudad cuyo rey tenía una hija tan seria y fría que nadie había logrado hacerla reír. Por eso, el rey había prometido que daría la mano de su hija a quien lograra hacerla reír.

Al enterarse, "El Zoquete", con su séquito pegado detrás, se presentó ante la princesa. Al ver ella aquella hilera de personas tropezando una tras otra, se rio tan fuerte y con tantas ganas, que no podía parar. Entonces, el joven pidió su mano. Pero al rey no le gustaba ese yerno y le puso una condición: debía traer a alguien capaz de beber todo el vino de la bodega real.

"El Zoquete" pensó en su amigo del bosque, y allí encontró a un hombre muy triste que le dijo:

—Tengo una sed terrible. El agua no me sirve, y aunque me bebí un tonel de vino, fue como una gota en una piedra caliente.

—¡Ven conmigo! —le dijo el muchacho—. Te aseguro que beberás todo lo que quieras.

Lo llevó a la bodega del rey, donde el hombre se bebió todas las cubas hasta que no quedó ni una gota de vino.

El joven regresó para pedir la mano de la princesa, pero el rey, aún disgustado, le puso otra prueba: debía encontrar a alguien capaz de comerse una montaña de pan.

Sin perder tiempo, "El Zoquete" volvió al bosque y encontró a un hombre que se apretaba el cinturón diciendo:

—Me he comido una hornada de pan entera, y aún tengo hambre. ¡Es como si no hubiera comido nada!

—Ven conmigo —dijo el joven—. Te daré de comer hasta que te hartes.

Lo llevó al palacio, donde el rey había mandado hacer una montaña de pan. El hombre se sentó frente a ella y, al caer la noche, no quedaba ni una miga.

Una vez más, el joven pidió a la princesa. Pero el rey aún puso una última condición: debía traer un barco capaz de navegar por tierra y por agua.

El joven volvió al bosque, donde lo esperaba el viejo hombrecito gris:

—Por haber compartido tu torta y tu bebida conmigo, te ayudaré una vez más —le dijo—. Aquí tienes el barco.

Y le dio un barco que podía navegar tanto por tierra como por mar. Al verlo, el rey ya no pudo negarse más. Se celebró la boda, y cuando el rey murió, "El Zoquete" heredó la corona y vivió feliz muchos años junto a su esposa.

LA PÍCARA COCINERA

Érase una cocinera llamada Margarita, que usaba zapatos de tacón rojo; y cuando salía con ellos, se contoneaba muy satisfecha y orgullosa, pensando: "¡Eres una muchacha guapa!".

Y cuando regresaba a casa, de puro contenta, se tomaba un trago de vino, y como el vino le abría el apetito, comenzaba a probar los guisos que tenía al fuego hasta quedar harta, mientras decía: "La cocinera tiene que vigilar cómo está el guiso".

Un día su patrón le dijo:

—Margarita, esta noche vendrá un invitado. Prepárame un par de gallinas tiernas, bien asadas.

—¡No se preocupe, señor! —respondió Margarita.

Degolló las dos gallinas, las escaldó, las desplumó, las ensartó en el asador y, al anochecer, las puso al fuego para que se asaran. Las gallinas comenzaron a dorarse, pero el invitado no llegaba, por lo que Margarita le dijo a su amo:

—Si el invitado no viene, tendré que sacar las gallinas del fuego, y sería una lástima no comerlas ahora, que están jugosas y en su punto.

—Iré a buscarlo —respondió el patrón.

No bien el amo hubo dado la espalda, Margarita retiró el asador con las gallinas, diciendo: "Estar junto al fuego hace sudar y da sed. ¡Quién sabe cuándo volverán! Mientras tanto, bajaré a la bodega a echarme un traguito".

Bajó rápidamente, llenó un jarro y, diciendo: "Que Dios te lo bendiga, Margarita", se tomó un buen trago. "El vino se pega —añadió—, y no es bueno cortarlo", y volvió a empinar el codo.

Después regresó a la cocina, volvió a colocar las gallinas al fuego, bien untadas con mantequilla, y empezó a girar alegremente el asador. El asado desprendía un aroma delicioso, y Margarita pensó: "Tengo que probarlo, no sea que le falte algo", y pasó un dedo por el jugo, llevándoselo a la boca. "¡Caramba! ¡Qué buenas están las gallinas! Es un pecado no comerlas cuando están tan a punto".

Corrió a la ventana para ver si venían el patrón y el invitado; como no venía nadie, volvió a mirar las gallinas y pensó: "Esta ala se va a quemar... mejor me la como". La cortó y se la comió, ¡y qué bien le supo! Terminada la primera, se dijo: "Tengo que quitar también la otra para que el señor no note que falta algo". Y así se comió ambas alas.

Volvió a la ventana, pero su amo no aparecía. "¡Quién sabe! —pensó—. A lo mejor no vienen. Tal vez se quedaron en otra parte". Y, tras un momento, dijo: "Vamos, Margarita, anímate; ya empezaste una, otro traguito y te la comes entera. Verás qué tranquila quedas. ¿Por qué desperdiciar este don que te da Dios?".

Bajó de nuevo a la bodega, se sirvió otro buen trago y se comió la gallina con toda paz y alegría.

Una vez desaparecida la primera, y al ver que el amo aún no regresaba, se fijó en la segunda gallina y pensó: "Donde está una, debe estar la otra. Forman pareja, hay que medirlas con el mismo rasero. Otro traguito no me hará daño".

Y otra vez levantó el codo, y la segunda gallina siguió el destino de la primera.

En eso estaba, en plena dicha, cuando regresó el amo y le gritó:

—¡Date prisa, Margarita, que el invitado está por llegar!

—Sí, señor. Voy a servir en seguida —respondió ella.

Mientras tanto, el patrón fue a revisar si la mesa estaba bien puesta, y, tomando el gran cuchillo con el que pensaba cortar las gallinas, lo afiló en el borde de un plato.

En ese momento, el invitado llegó y llamó con cortesía a la puerta. Margarita corrió a abrir y, al verlo, se puso un dedo en los labios y le susurró:

—¡Shhh! ¡Váyase rápido, porque si mi señor lo encuentra, le irá muy mal! Lo ha invitado a cenar, pero en realidad quiere cortarle las orejas. Escuche cómo está afilando el cuchillo.

El invitado oyó el ruido y, muerto de miedo, salió corriendo escaleras abajo.

Margarita, sin perder tiempo, fue al comedor y exclamó:

—¡Qué clase de invitado ha traído usted!

—¿Por qué, Margarita? ¿Qué pasó?

—Estaba yo llevando las gallinas cuando me las quitó de la bandeja y se escapó con ellas.

—¡Qué falta de modales! —dijo el amo, muy apenado por la pérdida de las aves—. Si al menos nos hubiera dejado una, tendríamos algo para cenar.

Salió entonces a la calle, gritando que regresara, pero el otro no volvió la vista atrás. El patrón corrió tras él, cuchillo en mano, gritando:

—¡Solo una, solo una!

Quería decir que al menos le dejara una gallina, pero el invitado entendió que se conformaría con cortarle solo una oreja, y corrió aún más rápido, decidido a salvar las dos.

LA POBREZA Y LA HUMILDAD LLEVAN AL CIELO

Érase una vez un príncipe que salió a pasear por el campo. Andaba triste y pensativo, y al levantar la mirada al cielo, tan azul y sereno, exclamó con un suspiro:

—¡Qué bien debe sentirse uno allá arriba!

Viendo luego a un pobre anciano que venía por el camino, le preguntó:

—¿Cómo podría llegar al cielo?

—Con pobreza y humildad —respondió el viejo—. Ponte mis ropas rotas, recorre el mundo durante siete años para conocer la miseria; no aceptes dinero. Cuando tengas hambre, pide un pedazo de pan a la gente caritativa. Así te irás acercando al cielo.

Entonces el príncipe se quitó sus ricas vestiduras y, después de cambiarlas por las del mendigo, salió a vagar por el mundo. Sufrió grandes privaciones: apenas comía, no hablaba con nadie, y solo pedía a Dios que un día lo recibiera en el cielo.

Transcurridos los siete años, regresó al palacio del rey, su padre, pero nadie lo reconoció. Dijo a los criados:

—Vayan a decirles a mis padres que he vuelto.

Pero los criados no le creyeron, y entre risas, lo dejaron plantado. Entonces dijo el príncipe:

—Suban a decirles a mis hermanos que salgan; me gustaría volver a verlos.

Tampoco quisieron hacerlo, hasta que, al fin, uno se decidió y fue a dar el recado a los hijos del rey. Ellos no lo creyeron y olvidaron el asunto.

Entonces el príncipe escribió una carta a su madre, describiéndole su miseria, sin revelarle que era su hijo. La reina, conmovida, ordenó que le asignaran un lugar al pie de la escalera, y que todos los días dos criados le llevasen comida.

Pero uno de los sirvientes era malvado:

—¿Para qué darle a ese pordiosero comida tan buena? —decía.

Y se la guardaba para él o se la daba a los perros. Al pobre, débil y extenuado, solo le ofrecía agua. En cambio, otro criado era honrado y le llevaba lo que le entregaban para él. Poca cosa, pero lo suficiente para permitirle sobrevivir un tiempo. El joven se fue debilitando cada vez más, pero soportaba todo con paciencia.

Al notar que su estado empeoraba, pidió recibir la sagrada comunión. A mitad de la misa, todas las campanas de la ciudad y sus alrededores comenzaron a sonar solas. Al terminar la ceremonia, el sacerdote bajó al pie de la escalera y encontró al pobre muerto, con una rosa en una mano y un lirio en la otra. Junto a su cuerpo había un papel que contenía su historia.

Y a ambos lados de su tumba brotaron también una rosa y un lirio.

LAS TRES HILANDERAS

Érase una vez una niña muy holgazana que no quería hilar. Por más que su madre se desgañitaba gritándole, no había manera de obligarla. Hasta que la pobre mujer perdió la paciencia de tal forma, que la emprendió a bofetadas, y la muchacha rompió a llorar a gritos.

Justo en ese momento pasaba la Reina en su carroza, y al oír los lamentos, hizo detenerse, entró en la casa y preguntó a la madre por qué golpeaba así a su hija, pues sus gritos se oían desde la calle. Avergonzada de tener que confesar la pereza de su hija, la mujer respondió:

—No puedo separarla de la rueca. Se pasaría el día entero hilando, pero soy pobre y no puedo comprar tanto lino.

Entonces la Reina dijo:

—No hay nada que me guste tanto como oír hilar. Me encanta el zumbido del torno. Dejen que su hija venga conmigo al palacio. Tengo lino de sobra, y podrá hilar cuanto quiera.

La madre, encantada, aceptó, y la Reina se llevó a la muchacha. Al llegar al palacio, la condujo a tres habitaciones del piso alto, llenas hasta el techo de lino finísimo.

—Vas a hilarme todo este lino —le dijo—, y cuando termines, te daré por esposo a mi hijo mayor. No me importa que seas pobre; una joven hacendosa lleva consigo su propia dote.

La muchacha sintió una gran angustia en su interior, pues aquel lino no se acabaría de hilar ni en trescientos años, aunque no hiciera otra cosa día y noche.

Cuando se quedó sola, rompió a llorar, y así pasó tres días sin mover una mano. Al tercer día, la Reina fue a ver cómo iba su labor, y al ver que no había comenzado, se extrañó. Pero la joven se excusó diciendo que no había podido empezar por la tristeza de estar separada de su madre. La Reina aceptó la excusa, pero le advirtió:

—Mañana debes comenzar a trabajar.

De nuevo a solas y sin saber qué hacer, se asomó con desespero a la ventana y vio acercarse a tres mujeres muy extrañas: la primera tenía un pie ancho y plano; la segunda, un labio inferior tan grande que le colgaba sobre la barbilla; y la tercera, un pulgar inmensamente grueso. Las tres se detuvieron frente a la ventana y, levantando la vista, preguntaron qué le pasaba. La niña les contó su desgracia, y ellas le ofrecieron ayuda:

—Si nos invitas a tu boda, no te avergüenzas de nosotras y nos llamas primas en público, y nos sientas a tu mesa, nosotras te hilaremos todo este lino en un abrir y cerrar de ojos.

—Con todo el gusto —respondió la joven—. Entren, pueden empezar ahora mismo.

Hizo pasar a las tres extrañas y les preparó un lugar cómodo en la primera habitación.

De inmediato se pusieron a trabajar: la primera tiraba de la hebra y hacía girar el torno con el pie; la segunda humedecía el hilo con su enorme labio; la tercera torcía el hilo, presionándolo contra la mesa con su grueso pulgar. A cada golpe, caía al suelo un montón de hilo finísimo. Cada vez que venía la Reina, la muchacha escondía a las hilanderas y le mostraba el trabajo terminado. La Reina se maravillaba y no escatimaba elogios para la joven.

Cuando terminaron el lino de la primera habitación, pasaron a la segunda, y luego a la tercera. Muy pronto, toda la labor quedó terminada. Entonces las tres mujeres se despidieron, diciendo:

—No olvides tu promesa. Es por tu bien.

Cuando la muchacha mostró a la Reina las habitaciones vacías y el enorme montón de hilo, se fijó de inmediato la fecha para la boda. El príncipe estaba feliz de tener por esposa a una joven tan laboriosa, y no dejaba de alabarla.

—Tengo tres primas —dijo la joven—, a quienes debo mucho, y no quiero olvidarme de ellas en el día de mi alegría. Permítanme invitarlas a la boda y sentarlas en nuestra mesa.

La Reina y su hijo respondieron:

—¿Y por qué no habríamos de invitarlas?

El día de la fiesta, las tres mujeres llegaron muy bien vestidas, y la novia salió a recibirlas con alegría, diciendo:

—¡Bienvenidas, queridas primas!

—¡Uf! —exclamó el príncipe—. ¡Qué feas son tus parientas!

Y, dirigiéndose a la del pie plano, preguntó:

—¿Cómo es que tienen ese pie tan grande?

—De hacer girar el torno —respondió ella—, de hacer girar el torno.

Luego preguntó a la segunda:

—¿Y por qué le cuelga tanto el labio?

—De tanto humedecer el hilo —contestó ella—, de tanto humedecer el hilo.

Y a la tercera:

—¿Y cómo es que tiene ese pulgar tan achatado?

—De torcer el hilo —replicó ella—, de torcer el hilo.

Asustado, el hijo de la Reina exclamó:

—Mi linda esposa jamás tocará una rueca.

Y así se terminó, para siempre, la pesadilla del hilado.

LAS TRES RAMAS VERDES

Érase una vez un ermitaño que vivía en un bosque, al pie de una montaña. Pasaba su tiempo orando y haciendo buenas obras, y cada tarde subía al monte cargando unos cuantos cubos de agua para glorificar a Dios. Algunos animales bebían de allí, y también se refrescaban las plantas, pues en las alturas sopla siempre un viento fuerte que seca el aire y la tierra. Los pájaros salvajes, temerosos de los hombres, revoloteaban allá arriba, buscando agua con sus agudos ojos.

Y como el ermitaño era tan piadoso, un ángel de Dios, visible solo para él, subía con él cada día, contaba sus pasos y, al terminar el trabajo, le traía su comida, del mismo modo que aquel profeta que fue alimentado por los cuervos por mandato divino.

Cuando el ermitaño ya había alcanzado una edad avanzada, un día vio a lo lejos cómo llevaban a un pobre pecador al cadalso. Y pensó para sí:

—Ahora le darán su merecido.

Esa tarde, cuando subía al monte, el ángel no apareció, ni le llevó su comida como solía hacer. Entonces el ermitaño se asustó. Hizo un examen de conciencia, tratando de entender en qué había pecado y por qué Dios estaba enojado con él, pero no logró descubrirlo.

Dejó de comer y beber, y se echó al suelo, orando día y noche. Mientras lloraba en el bosque con verdadera tristeza, escuchó el canto de un pajarito, tan dulce y melodioso, que lo conmovió aún más y dijo:

—¡Qué alegre cantas! El Señor no está enojado contigo. Si al menos pudieras decirme en qué lo he ofendido, haría penitencia y mi corazón volvería a sentir gozo...

Entonces el pajarito habló y le dijo:

—Has sido injusto, porque condenaste con tus pensamientos a un pobre pecador que era llevado a la horca. El Señor está enojado contigo, porque solo Él puede juzgar. Sin embargo, si haces penitencia y te arrepientes sinceramente de tus pecados, Él te perdonará.

En ese momento apareció el ángel junto a él, con una rama seca en la mano, y le dijo:

—Lleva esta rama seca hasta que broten de ella tres ramas verdes. Por la noche, cuando vayas a dormir, colócala bajo tu cabeza. Pedirás tu pan de puerta en puerta y no pasarás más de una noche en la misma casa. Esta es la penitencia que te impone el Señor.

El ermitaño tomó el palo y regresó al mundo, que no había visto en mucho tiempo. Solo comía y bebía lo que le ofrecían en las casas, y en más de una ocasión las puertas permanecieron cerradas, de modo que hubo días enteros en los que no recibió ni una migaja de pan.

Un día, fue de puerta en puerta desde la mañana hasta la noche sin que nadie le diera nada ni le ofreciera refugio. Se adentró entonces en el bosque y encontró una cueva excavada en una roca. Frente a ella, estaba sentada una anciana.

—Buena mujer —le dijo—, ¿podría darme cobijo esta noche?

—No, no puedo, aunque quisiera —respondió la anciana—. Tengo tres hijos malos y violentos, y si regresan de sus fechorías y te encuentran aquí, nos matarán a los dos.

—Déjeme entrar —insistió el ermitaño—. No nos harán daño ni a usted ni a mí.

La mujer, compasiva, se dejó convencer. El hombre se recostó bajo la escalera y colocó el palo seco bajo su cabeza. Al verlo, la mujer le preguntó el motivo. Él le contó que lo llevaba como penitencia, que lo usaba como almohada cada noche, y que había ofendido al Señor por haber dicho que un pecador merecía su castigo. Al escucharlo, la mujer rompió en llanto:

—¡Ay! Si el Señor castiga una sola palabra, ¿cómo castigará a mis hijos cuando se presenten ante Él para ser juzgados?

A medianoche, regresaron los ladrones, haciendo ruido y gritando. Cuando la cueva se iluminó y vieron al hombre acostado bajo la escalera, se enojaron y gritaron a su madre:

—¿Quién es ese hombre? ¿No te dijimos que no dejaras entrar a nadie?

—Déjenlo —respondió la madre—. Es un pobre pecador que está haciendo penitencia por sus culpas.

Los ladrones preguntaron:

—¿Qué hizo?

—Viejo —le gritaron—, cuéntanos tus pecados.

El ermitaño se levantó y les dijo que había pecado con una sola palabra, y que por eso Dios se había enojado con él y le había impuesto una dura penitencia. Su relato conmovió tanto a los tres hombres, que se arrepintieron de su vida pasada y comenzaron también a hacer penitencia.

El ermitaño, luego de haber convertido a los tres hermanos, volvió a acostarse bajo la escalera. A la mañana siguiente lo encontraron muerto, y del palo seco habían brotado tres ramas verdes.

El Señor lo había perdonado y lo había recibido de nuevo en su gracia.

LOS DOCE CAZADORES

Había una vez un príncipe que tenía una novia a la que quería mucho; siempre estaba a su lado y se sentía muy feliz. Pero un día recibió noticias de que su padre, que vivía en otro reino, estaba gravemente enfermo, y deseaba verlo antes de morir. Por eso le dijo a su amada:

—Tengo que marcharme y dejarte por un tiempo, pero aquí tienes este anillo como recuerdo de nuestro amor. Cuando sea rey, volveré y te llevaré conmigo a mi palacio.

Se puso en camino, y cuando llegó junto a su padre, éste ya se encontraba en su lecho de muerte y le dijo:

—Querido hijo, quería verte por última vez antes de morir. Prométeme que te casarás con la mujer que yo elija para ti.

Y le nombró a una princesa que debía ser su esposa.

El joven, tan afligido por el dolor, respondió sin pensar:

—Sí, padre querido, cumpliré tu voluntad.

El rey cerró los ojos y murió.

El hijo comenzó a reinar, y pasado el tiempo del luto, debía cumplir su promesa. Por eso envió a buscar a la hija del rey con quien había prometido casarse. Al enterarse de esto, su primera novia sufrió tanto por la infidelidad que casi perdió la salud. Entonces su padre le preguntó:

—Dime, hija querida, ¿qué te pasa?, ¿qué necesitas?

Ella reflexionó un momento y luego contestó:

—Querido padre, quisiera encontrar once jóvenes que se parezcan a mí en el rostro y en la estatura.

El rey le respondió:

—Tu deseo se cumplirá, si es posible.

Y mandó buscar por todo el reino once doncellas que fueran iguales a su hija en apariencia. Cuando las encontró, se vistieron todas de cazadores, con trajes exactamente iguales. La princesa se despidió de su padre y partió con sus compañeras rumbo a la corte de su antiguo prometido.

Allí preguntaron si el rey necesitaba cazadores, y si podían entrar todas a su servicio. El rey la miró, pero no la reconoció; como todos parecían buenos mozos, dijo que sí, que los aceptaba con gusto. Y así, los doce "cazadores" entraron al servicio del rey.

Pero el rey tenía un león mágico, un animal que sabía todo lo oculto y secreto, y una noche le dijo:

—¿Crees que tienes doce cazadores?

—Sí —respondió el rey—, son doce cazadores.

Pero el león replicó:

—Te equivocas, son doce doncellas.

—Eso no puede ser —dijo el rey—. ¿Cómo lo puedes probar?

—Manda echar guisantes en el suelo de tu habitación —dijo el león—. Los hombres caminan con paso firme, no mueven los guisantes, pero las mujeres pisan con inseguridad, y los guisantes ruedan.

El rey siguió el consejo y mandó esparcir guisantes en el suelo. Pero un criado del rey, que quería mucho a los cazadores, se enteró de la prueba y fue a advertirles:

—El león quiere demostrarle al rey que ustedes son mujeres.

La princesa le agradeció y dijo a sus compañeras:

—Tengan mucho cuidado y caminen con paso firme sobre los guisantes.

Al día siguiente, cuando el rey los llamó y entraron a su habitación, caminaron con paso tan seguro que ni un solo guisante rodó ni se movió. Al irse, el rey le dijo al león:

—Me has engañado. Caminan como hombres.

Pero el león respondió:

—Lo sabían y lo hicieron a propósito, dominando su forma de andar. Pero haz otra prueba: manda traer doce ruecas a tu habitación, y cuando entren, observa si se sonríen. Los hombres no lo hacen, pero las mujeres no pueden evitarlo.

El rey aceptó la idea y mandó colocar las ruecas. Sin embargo, el criado, que cada vez quería más a los cazadores, fue de nuevo a advertirles.

Entonces la princesa dijo a sus once doncellas, cuando estuvieron a solas:

—Tengan cuidado de no mirar las ruecas.

Al día siguiente, cuando el rey los llamó, entraron sin mirar las ruecas. El rey entonces dijo al león:

—Me has engañado otra vez. No se fijaron en las ruecas.

Y el león respondió:

—Sabían que serían sometidos a esta prueba y se contuvieron.

Pero el rey ya no quiso seguir creyendo al león.

Los doce cazadores acompañaban constantemente al rey en sus salidas de caza, y él les había tomado mucho cariño. Un día, mientras cazaban, llegó la noticia de que su futura esposa había llegado al palacio. Al oírlo, la primera novia, disfrazada de cazador, se sintió tan conmovida que perdió las fuerzas y cayó desmayada. El rey, creyendo que a su querido cazador le había dado un ataque, se acercó para ayudarlo, le quitó el guante, y vio en su mano el anillo que le había dado años atrás a su verdadera amada. Entonces la miró al rostro y la reconoció.

Su alma se conmovió profundamente, la besó y, cuando ella volvió en sí, le dijo:

—Tú eres mía y yo soy tuyo, y ningún hombre en el mundo podrá separarnos.

Luego envió a un caballero con un mensaje para la princesa que había llegado, pidiéndole que regresara a su reino, porque él ya estaba casado.

Y no tardaron en celebrar la boda con su primera novia, perdonando al león por haber dicho siempre la verdad.

LOS DOS CAMINANTES

Los montes y los valles no pueden mezclarse; pero los hombres buenos y los malos muchas veces andan juntos. Es lo que les pasó a un sastre y a un zapatero que salieron a recorrer el mundo. El sastre era pequeño, simpático, alegre y bondadoso. Al ver al zapatero venir por el camino, supo que lo era por las herramientas que llevaba, y entonces comenzó a cantarle en broma una copla:

Cose la costura,
clava la suela dura,
tira del bramante
y unta bien la pez
por detrás y por delante.

Pero el zapatero no tenía sentido del humor; puso cara de vinagre y amenazó al sastrecillo. El sastre no se lo tomó a mal, se echó a reír, le ofreció un trago de vino y le dijo:

—No te enojes, amigo; toma un traguito y verás cómo te cambia el humor.

El zapatero bebió el vino, se le aflojó el gesto y dijo:

—Toma la botella, por poco la dejo vacía. Todos hablan de lo malos que son los borrachos, pero nadie habla de lo mala que es la sed. ¿Quieres que caminemos juntos?

—Muy bien, amigo; vayamos a alguna ciudad donde podamos conseguir trabajo.

—Sí, también quiero llegar a una ciudad grande; en los pueblos pequeños no se gana nada, y los campesinos prefieren andar descalzos.

Así que echaron a andar juntos, sin prisa pero sin muchas provisiones. Cuando llegaban a una ciudad, se separaban para buscar trabajo con los de su oficio. Como el sastre era tan simpático y de buen trato, todos lo recibían con gusto. Al volver a reunirse con su compañero, le mostraba lo que le habían regalado, y el zapatero gruñía:

—Los pícaros como tú siempre tienen suerte.

El sastre se echaba a reír, se ponía a cantar y repartía con su compañero todo lo que le habían dado. Si tenía dinero, lo gastaba con alegría.

Vivieron así algún tiempo, y un día llegaron a un bosque muy grande. Por ese bosque pasaban dos caminos: uno conducía a la capital en siete días, y el otro en dos. Se sentaron bajo un roble y revisaron cuánto pan les quedaba. El zapatero dijo:

—Más vale que sobre a que falte; me llevaré pan para siete días.

El sastrecillo dijo:

—¿Vas a ir cargado como una mula con tanto pan? Yo no; confío en Dios, ya me las arreglaré. Tengo un poco de dinero, que vale lo mismo en verano que en invierno. El pan se seca con el calor. No hay que ser tan desconfiado. Llevemos pan solo para dos días, y ya verás cómo encontramos el camino corto.

Cada uno compró la cantidad de pan que quiso y se internaron en el bosque sin saber cuál camino era el corto. El bosque era oscuro y silencioso como una iglesia: no se oía ni un arroyo, ni un soplo de viento, ni el canto de un pájaro. Los árboles estaban tan juntos que no dejaban pasar la luz del sol. El zapatero caminaba en silencio y de mal humor, pues el morral lleno de pan le pesaba mucho, mientras el sastre iba alegre y ligero, silbando y saltando, pensando: "Estoy seguro de que Dios se alegra de verme tan contento."

Caminaron dos días y el bosque no terminaba, pero el pan del sastre sí. Aun así, no se preocupó; confiaba en Dios y en su buena suerte. Al anochecer, se echó a dormir al pie de un árbol, y a la mañana siguiente despertó con un hambre terrible.

El cuarto día caminaron de nuevo. Al mediodía, el zapatero se sentó a comer, y el sastre solo pudo mirar. Finalmente le pidió un pedazo de pan, pero el zapatero se burló de él:

—Anda, ¿no eras tan alegre? Pues aprende ahora a estar triste. A los pájaros que cantan por la mañana, se los come el halcón por la tarde.

Era un hombre duro y sin compasión. Al quinto día, el sastre ya no tenía fuerzas para seguir, ni para hablar; estaba pálido y deshecho. Entonces el zapatero le dijo:

—Hoy te daré un pedazo de pan, pero me tendrás que dar tu ojo derecho.

El pobre sastrecillo no tuvo más opción. Lloró por última vez con los dos ojos, y luego el zapatero, cruelmente, le sacó uno con su cuchillo. El sastre recordó lo que le decía su madre cuando de niño tomaba comida a escondidas: "El que come a su antojo, lo paga con un enojo."

Comió aquel pan que tan caro le había costado, se levantó y pensó que, al menos, aún podía ver con un ojo.

Pero al llegar el sexto día, el hambre volvió a dejarlo sin fuerzas. Se tumbó junto a un árbol y, a la mañana siguiente, ya no pudo levantarse. Entonces el zapatero le dijo:

—Como soy muy generoso, te daré otro pedazo de pan... pero esta vez te quitaré el otro ojo.

El sastrecillo comprendió al fin que había sido poco previsor, y le dijo:

—Haz lo que quieras; me resigno. Pero recuerda que Dios te ve, y puede castigarte cuando menos lo esperes. Cuando yo tenía comida, regalos y dinero, lo compartí contigo. Ahora tú me dejas ciego. Ya no podré trabajar, porque un sastre sin vista no puede coser. Solo te pido que no me abandones en este bosque, porque moriría de hambre.

Pero el zapatero, que no tenía temor de Dios, le sacó también el otro ojo, le dio un pedazo de pan, le puso una vara en la mano y dejó que lo siguiera.

Al atardecer salieron del bosque y llegaron a un campo. En el campo había una horca, y el zapatero guió al sastre hasta allí, lo dejó junto a ella y se marchó.

El sastre, agotado, se quedó dormido, y a la mañana siguiente despertó sin saber dónde estaba. En la horca colgaban dos ladrones, y sobre sus cabezas se habían posado dos cuervos. Uno de los ahorcados dijo al otro:

—¿Estás despierto, hermano?

—Sí, estoy despierto.

—Pues oye: esta noche cayó rocío, y está goteando desde la horca; este rocío devuelve la vista a quienes se lavan con él. Si los ciegos lo supieran, volverían a ver, aunque ahora les parezca imposible.

Al oír eso, el sastrecillo sacó su pañuelo, lo mojó en la hierba que había bajo la horca y se lavó los ojos; y en ese mismo momento le brotaron dos ojos nuevos y sanos, y pudo ver el sol, el campo y la ciudad que había enfrente, con sus murallas y sus torres, que tenían cruces de oro en la punta y brillaban desde lejos. Vio las hojas de los árboles, los pájaros que volaban, y hasta los mosquitos que danzaban en el aire. Entonces sacó su aguja, la enhebró sin dificultad, y se puso tan feliz que se arrodilló y dio gracias a Dios. Rezó también por los pobres ladrones que colgaban en la horca, movidos por el viento como campanas. Luego se echó el morral al hombro, se olvidó de todo lo que había sufrido y se fue rumbo a la ciudad, silbando y cantando.

Lo primero que encontró fue un potrillo castaño que saltaba libre por el campo. Lo tomó por las crines para montarse y entrar a caballo en la ciudad, pero el animal le dijo:

—No me lleves, que todavía soy joven y necesito correr libre. Aunque eres pequeño y ligero, me harías daño. Déjame, y algún día te lo agradeceré.

—Anda, corre, loquito —dijo el sastre con una sonrisa—. Te entiendo.

Le dio unos golpecitos con la vara, y el potrillo dio un par de brincos y se alejó feliz.

El sastrecillo no había comido nada desde el día anterior, y pensó: "Veo bien el sol, pero no veo un pedazo de pan. Me comería lo primero que aparezca".

Justo entonces, vio una cigüeña caminando muy seria y estirada por el campo.

—¡Eh, detente! —dijo el sastre, y la agarró por una pata—. No sé si eres comestible, pero tengo tanta hambre que no me puedo poner exigente. Voy a asarte.

—¡No, por favor, no me ases! —gritó la cigüeña—. Soy un ave sagrada, y nadie se atreve a hacerme daño. Traigo suerte a las personas, y si me dejas ir, te lo pagaré algún día.

—Está bien, zanquilarga —respondió el sastrecillo—. Puedes irte.

La cigüeña abrió las alas, encogió las patas y se alejó volando.

—¿Y ahora qué hago? —se preguntó el sastre—. Tengo un hambre terrible, y me comería lo primero que encontrara.

Entonces vio a dos patitos nadando en un charco.

—¡Justo lo que necesitaba! —exclamó, y atrapó uno. Estaba a punto de torcerle el cuello, cuando apareció un pato viejo entre los juncos. Se acercó con el pico abierto y le rogó:

—¡No mates a mis hijos! ¡Piensa en lo que sufriría tu madre si alguien te hiciera daño!

—Tienes razón —dijo el sastrecillo—. Llévate a tus patitos.

Los dejó en el agua, y entonces vio en el hueco de un árbol a muchas abejas entrando y saliendo.

—Por fin algo para comer —dijo—. Aquí debe haber buena miel.

Pero la abeja reina salió molesta y le dijo:

—Si tocas a mis abejas o rompes el panal, te picaremos. Pero si nos dejas tranquilas, algún día te lo pagaremos.

El sastrecillo entendió que tampoco podía comer miel y siguió caminando hacia la ciudad con el estómago vacío. Ya era mediodía cuando entró a una posada y por fin pudo comer bien. Entonces pensó que era momento de trabajar, y recorrió la ciudad hasta que encontró a un sastre que lo contrató. Como era muy trabajador y hábil, pronto se hizo famoso y todos le encargaban ropa. Un buen día, el rey lo nombró sastre real.

Pero ese mismo día también nombraron zapatero real a su antiguo compañero. Cuando el zapatero lo vio, y se dio cuenta de que ya no estaba ciego, se asustó y empezó a maquinar cómo echarlo. Una tarde, fue ante el rey y dijo:

—Señor, ese sastre es un fanfarrón. Dice que puede encontrar la corona de oro que se perdió hace años.

—¡Pues que la encuentre ahora mismo! —ordenó el rey—. Y si no lo logra, tendrá que marcharse de mi ciudad.

Cuando el sastrecillo se enteró, pensó: "Mejor me voy, porque nadie ha podido encontrar esa corona". Recogió sus cosas y salió. Al llegar al charco donde estaban los patos, vio al pato viejo que se estaba acicalando. El pato lo reconoció y, al escuchar lo sucedido, le dijo:

—No te preocupes. La corona se cayó en este charco y todavía está en el fondo. Coloca tu pañuelo en la orilla.

El pato se sumergió con sus doce patitos, y cinco minutos después salieron con la corona de oro. El pato la llevaba sobre las alas, y los patitos la sostenían con sus picos. La colocaron sobre el pañuelo, y el sol la hizo brillar maravillosamente. El sastrecillo la ató, se la llevó al rey, y este, encantado, le regaló un collar de oro.

El zapatero, furioso, ideó otra trampa. Fue al rey y le dijo:

—Señor, ese sastre ahora presume de que puede hacer, con cera, un palacio igual al suyo, con todos sus muebles.

El rey ordenó al sastre que lo hiciera, y si no, lo encerraría para siempre.

El sastrecillo, desesperado, pensó en huir. Al pasar por el árbol de las abejas, la reina le preguntó qué le pasaba. Él le contó, y ella le dijo:

—Vuelve mañana con un pañuelo grande, y todo saldrá bien.

Las abejas entraron al palacio real, lo exploraron, y luego construyeron una réplica exacta con cera, incluyendo los muebles. Cuando el sastre fue a buscarlo, se maravilló con la perfección del trabajo y lo llevó al rey, quien quedó asombrado y le regaló una hermosa casa de piedra.

Pero el zapatero estaba más envidioso que nunca. Volvió al rey y dijo:

—Señor, el sastre ahora dice que puede hacer brotar una fuente de agua clara en el patio del palacio.

El rey llamó al sastre y le dijo:

—Si mañana no hay una fuente en mi patio, te cortaré la cabeza.

El sastrecillo salió llorando, y entonces se le apareció el potrillo, ahora convertido en un hermoso caballo, que le dijo:

—Sube, te ayudaré.

El caballo galopó hasta el palacio y dio tres vueltas al patio. Al terminar, se cayó al suelo, se abrió un agujero, y de ahí brotó un chorro de agua clara, como un surtidor. El rey salió, lo vio y, encantado, abrazó al sastre frente a todos.

Pero el zapatero aún no se rendía. Fue al rey una vez más:

—Señor, el sastre dice que puede traerle un hijo volando por el aire.

El rey llamó al sastre y le dijo:

—Si en nueve días no me traes un hijo, te ejecutaré. Pero si lo haces, te casarás con mi hija mayor.

El sastre, preocupado, salió de la ciudad. En un prado encontró a la cigüeña, que al escucharlo le dijo:

—No te preocupes. Llevo siglos trayendo niños a esta ciudad. Yo le llevaré uno al rey. Vuelve a tu casa y espera. Dentro de nueve días, preséntate en el palacio.

LOS ELFOS Y EL ZAPATERO

Hace mucho, mucho tiempo, vivía en un país mágico un humilde zapatero, tan pobre que llegó un día en que apenas pudo reunir el dinero suficiente para comprar el cuero necesario para hacer un solo par de zapatos.

—No sé qué será de nosotros —le decía a su esposa—. Si no encuentro un buen comprador o no cambia nuestra suerte, ni siquiera podremos conseguir comida un día más.

Cortó y preparó el cuero que había comprado, con la intención de terminar el trabajo al día siguiente, pues ya estaba muy cansado. Tras una noche tranquila, llegó el nuevo día y el zapatero se dispuso a comenzar su jornada. Pero al entrar al taller, descubrió sobre la mesa de trabajo dos preciosos zapatos terminados. Estaban cosidos con tanto esmero, con puntadas tan perfectas, que el pobre hombre no podía creer lo que veía.

Tan bonitos eran, que apenas los vio un caminante a través del escaparate, los compró en el acto y pagó incluso más de su valor. El zapatero no cabía en sí de gozo y fue corriendo a contarle a su esposa:

—Con este dinero podré comprar cuero suficiente para hacer dos pares de zapatos.

Como el día anterior, cortó los patrones y los dejó listos para terminar el trabajo al día siguiente.

Y de nuevo ocurrió el prodigio: por la mañana, había cuatro zapatos, cosidos y terminados, sobre su banco de trabajo. También esta vez llegaron clientes dispuestos a pagar generosamente por un trabajo tan fino y unos zapatos tan exquisitos.

Noche tras noche sucedía lo mismo: todo el cuero cortado que el zapatero dejaba en su taller aparecía transformado en calzado hermoso y terminado al día siguiente.

Pasó el tiempo, la fama del zapatero creció, nunca le faltaron clientes en su tienda, ni monedas en su caja, ni comida en su mesa. Cuando ya se acercaba la Navidad, comentó a su esposa:

—¿Qué te parece si esta noche nos escondemos para ver quién nos está ayudando de esta manera?

A ella le pareció buena idea, y esa noche se agazaparon detrás de un mueble, atentos.

Cuando el reloj marcó las doce campanadas, dos pequeños duendecillos desnudos aparecieron de la nada. Treparon por las patas de la mesa, se subieron y comenzaron a coser. La aguja volaba, el hilo corría, y en un santiamén terminaron todo el trabajo que el zapatero había dejado preparado. De un salto desaparecieron, dejando al zapatero y a su esposa totalmente asombrados.

—¿Viste que esos pequeños hombrecillos estaban desnudos? —dijo ella—. Podríamos hacerles ropita para que no pasen frío.

El zapatero estuvo de acuerdo. Con mucho cariño, confeccionaron pequeñas camisas, pantalones, chalecos, bufandas y hasta diminutos zapatos. En lugar de los patrones de cuero, colocaron la ropa sobre la mesa, y esa noche volvieron a ocultarse para ver qué sucedía.

Al dar las doce campanadas, los duendecillos reaparecieron. Al saltar sobre la mesa se sorprendieron al ver las prendas, pero al comprobar que eran de su talla, se vistieron con entusiasmo. Luego comenzaron a cantar:

—¿No somos ya dos mozos guapos y elegantes?

¿Por qué seguir de zapateros como antes?

Y así, entre brincos y risas, desaparecieron para no volver jamás.

El zapatero y su esposa se sintieron felices al ver a los duendes contentos, y aunque no regresaron, nunca los olvidaron. Porque desde aquel día, en la casa del zapatero remendón nunca faltaron el trabajo, el pan ni la dicha.

LOS ENANOS MÁGICOS

I

Había una vez un zapatero que, debido a muchas desgracias, llegó a ser tan pobre que sólo le quedaba material para hacer un único par de zapatos. Cortó el cuero por la noche para coserlo al día siguiente, y como era un hombre de buena conciencia, se acostó tranquilamente, rezó y se durmió.

A la mañana siguiente, cuando se levantó para trabajar, encontró el par de zapatos ya terminado sobre la mesa. Grande fue su sorpresa, pues no tenía idea de cómo había sucedido. Tomó los zapatos, los examinó por todos lados, y estaban tan bien hechos que no les encontraba ni una falla: eran una verdadera obra maestra.

Entró a la tienda un comprador a quien le gustaron tanto los zapatos, que pagó el doble del precio. Con ese dinero, el zapatero pudo comprar cuero para dos pares más. Los cortó por la noche y los dejó listos para coser al día siguiente. Pero al despertar, también los encontró terminados. Tampoco entonces faltaron los compradores, y con lo que ganó pudo comprar cuero para cuatro pares. A la mañana siguiente, también estaban listos.

Y así, cada vez que dejaba el cuero cortado por la noche, lo encontraba convertido en hermosos zapatos por la mañana. Poco a poco, el zapatero fue prosperando, y al final casi se volvió rico.

Una noche, cerca de la Navidad, cuando acababa de cortar el cuero y se disponía a dormir, su esposa le dijo:

—Quedémonos despiertos esta noche para ver quién nos está ayudando.

El marido aceptó, y dejando una vela encendida, se escondieron dentro de un armario, detrás de la ropa, para espiar lo que pasaba. Cuando el reloj marcó las doce, entraron en la habitación dos pequeños duendes completamente desnudos. Se subieron a la mesa, tomaron el cuero cortado y comenzaron a trabajar con tanta rapidez y habilidad que era un gusto verlos. No pararon hasta terminar todo, y entonces desaparecieron de repente.

A la mañana siguiente, la esposa le dijo al zapatero:

—Estos duendecillos nos han sacado de la pobreza. Debemos demostrarles nuestro agradecimiento. Pobrecitos, andan desnudos y seguro pasan frío. ¿Qué te parece si les hago unas camisas, chalecos, pantalones, y unas medias? Tú podrías hacerles un par de zapatos a cada uno.

El zapatero estuvo de acuerdo. Por la noche, cuando todo estuvo listo, colocaron las ropitas y los zapatos sobre la mesa, en lugar del cuero, y volvieron a esconderse.

A la medianoche, los duendes llegaron como de costumbre. Al ver los regalitos se sorprendieron, pero en seguida se pusieron muy felices. Se vistieron con rapidez, cantando:

—¿No estamos ya guapos y elegantes?

¿Por qué seguir de zapateros como antes?

Y se pusieron a saltar y bailar por la habitación. Después, riendo y brincando, se fueron y no volvieron nunca más. Pero el zapatero siguió siendo feliz, y todo lo que emprendía le salía bien.

II

Había una vez una pobre criada que era muy limpia y trabajadora. Barría la casa todos los días y sacaba la basura a la calle. Una mañana, al ponerse a barrer, encontró una carta en el suelo. Como no sabía leer, dejó la escoba en un rincón y se la llevó a sus patrones. Resultó ser una invitación de unos enanitos mágicos que la invitaban a ser madrina del bautizo de uno de sus hijos.

No sabía qué hacer, pero al final, después de pensarlo mucho, aceptó, porque le dijeron que era peligroso negarse.

Tres enanitos vinieron a buscarla y la llevaron a una cueva en la montaña, donde vivían. Todo allí era muy pequeño, pero tan bonito que parecía sacado de un cuento. La madre del bebé estaba acostada en una cama de ébano incrustada de perlas, con cortinas bordadas en oro. La cuna era de marfil y el baño del niño era de oro macizo.

Después del bautizo, la criada quiso regresar enseguida, pero los enanos le suplicaron que se quedara tres días más. Durante esos días, hubo fiestas y alegría, y los enanos fueron muy amables con ella.

Cuando por fin insistió en volver, le llenaron los bolsillos de monedas de oro y la acompañaron hasta la salida de la montaña. Al llegar a la casa donde había trabajado, encontró todo cambiado. La escoba seguía donde la había dejado, pero había gente desconocida en el lugar. Al preguntar quiénes eran, se dio cuenta de que no había estado tres días con los enanos, sino siete años enteros, durante los cuales sus antiguos patrones habían muerto.

III

Un día, unos enanitos le robaron a una mujer a su hijo recién nacido, y en su lugar dejaron a un pequeño monstruo. Tenía la cabeza grande, unos ojos feos, y quería comer y beber sin parar. Desesperada, la madre fue a pedir consejo a una vecina, quien le dijo:

—Llévalo a la cocina, ponlo junto al fuego, prende la estufa, hierve agua en dos cáscaras de huevo. Eso lo hará reír, y si se ríe una sola vez, se verá obligado a marcharse.

La mujer siguió el consejo. En cuanto el monstruo vio hervir el agua en las cáscaras de huevo, exclamó:

—Yo no he visto nunca,
aunque soy muy viejo,
poner a hervir agua
en cáscaras de huevo.

Y estalló en carcajadas. En ese momento llegaron muchos enanos, trajeron al niño verdadero, lo colocaron junto a la chimenea, y se llevaron de regreso al monstruo.

LOS HUÉSPEDES INOPORTUNOS

En una ocasión, un gallo le dijo a una gallina:

—Ya es temporada de nueces. Iremos al prado antes de que la ardilla se las lleve todas.

—¡Excelente idea! —respondió la gallina—. ¡Vamos! Seguro nos divertiremos mucho.

Fueron juntos al prado, donde permanecieron hasta la noche. Entonces, ya fuera por vanidad o porque habían comido demasiado, no quisieron regresar caminando. El gallo se vio obligado a fabricar un pequeño carro con cáscaras de nuez. Cuando lo tuvo listo, la gallina se sentó y le ordenó al gallo que se enganchara para tirar del vehículo.

—Estás equivocada —le respondió el gallo—. Prefiero regresar caminando antes que engancharme como una yegua. ¡Eso no estaba en el trato! Si acaso, haré de cochero y me sentaré en el pescante, pero arrastrar el carro... ¡eso sí que no!

Mientras discutían, un pato comenzó a gritar:

—¡Eh! ¡Ladrones! ¿Quién les dio permiso para estar bajo mis nogales? ¡Van a ver!

Y se lanzó sobre ellos con el pico abierto. Pero el gallo, que no se dejaba, lo enfrentó y lo picoteó tanto que el pato se dio por vencido. En castigo, tuvo que engancharse al carro.

El gallo subió al pescante y ordenó:

—¡Al galope, pato! ¡Rápido, al galope!

Cuando ya habían recorrido un buen trecho del camino, se encontraron con dos caminantes: un alfiler y una aguja, quienes les gritaron:

—¡Alto, alto! Ya casi es de noche, el camino está lleno de barro y no podemos avanzar más. Nos entretuvimos tomando cerveza frente a la posada del sastre. ¿Podrían llevarnos hasta la posada?

El gallo, viendo que eran delgaditos y no ocuparían mucho espacio, aceptó con la condición de que no pincharan a nadie.

Esa noche llegaron a una posada, y como no querían quedarse a la intemperie —y el pato estaba agotado—, decidieron quedarse. Al principio, el posadero puso muchas objeciones. Decía que su casa estaba llena y que esos viajeros no parecían de buena posición. Pero finalmente aceptó, convencido por sus buenas palabras y por la promesa de que le dejarían el huevo que la gallina había puesto en el camino, además del que ponía el pato todos los días.

Esa noche se dieron la gran vida, comieron como reyes y lo pasaron en grande.

A la mañana siguiente, apenas comenzaba a amanecer y mientras todos dormían, el gallo despertó a la gallina, rompieron el huevo a picotazos, se lo comieron entre los dos y tiraron las cáscaras al fuego. Luego, tomaron a la aguja, que aún dormía profundamente, y la clavaron en el sillón del posadero. Hicieron lo mismo con el alfiler, al que pusieron en la toalla. Después, salieron volando por la ventana.

El pato, que había dormido afuera en el corral, los oyó y se apresuró a salir por un arroyo que pasaba debajo del muro, nadando con rapidez, mucho más ligero que la noche anterior.

Unas dos horas después, el posadero se levantó, se lavó la cara y, al secarse con la toalla, se arañó el rostro con el alfiler. Le quedó una marca roja de oreja a oreja. Molesto, bajó a la cocina para encender su pipa, pero al soplar el fuego, un pedazo de cáscara de huevo le saltó a los ojos.

—¡Hoy todo me sale mal! —exclamó, y se dejó caer, disgustado, en su ancho sillón.

Pero pronto saltó dando un grito de dolor: la aguja se le había clavado en la parte trasera... y no precisamente en la espalda.

Este último incidente lo hizo enfurecer. Supo enseguida que los culpables eran los viajeros de la noche anterior. Cuando fue a buscarlos, ya se habían marchado. Entonces juró no volver a recibir en su casa a esos huéspedes entrometidos que, además de gastar mucho y no pagar, se marchan dejando alguna broma de mal gusto.

LOS MENSAJEROS DE LA MUERTE

Una vez —hace ya muchísimo tiempo— un gigante caminaba por la carretera real cuando, de repente, se le apareció un hombre desconocido que le gritó:

—¡Alto! ¡Ni un paso más!

—¿Cómo? —exclamó el gigante—. ¿Un renacuajo como tú, al que puedo aplastar con dos dedos, pretende cerrarme el paso? ¿Quién eres tú para hablarme con tanto atrevimiento?

—Soy la Muerte —respondió el otro—. A mí nadie se me resiste, y tú también debes obedecer mis órdenes.

El gigante se resistió, y comenzaron a luchar cuerpo a cuerpo. Fue una pelea larga y encarnizada, pero al final el gigante venció. De un puñetazo derribó a la Muerte, que cayó junto a una roca y quedó tendida, incapaz de levantarse.

El gigante continuó su camino, dejando a la Muerte derrotada y tan débil que no podía moverse. "¿Y ahora qué va a pasar? —pensó ella—. Si me quedo aquí sin poder levantarme, nadie más morirá en el mundo, y este lugar se llenará tanto de gente que ya no habrá espacio para todos".

En ese momento pasó por allí un joven sano y alegre, cantando una canción mientras caminaba. Al ver a aquel hombre tendido, casi sin vida, se acercó, lo ayudó a incorporarse, le dio un trago de agua de su cantimplora y esperó a que se recuperara.

—¿Sabes quién soy? ¿A quién has ayudado? —preguntó el desconocido cuando se sintió mejor.

—No —respondió el joven—, no te conozco.

—Soy la Muerte —dijo el otro—. No perdono a nadie, y contigo no puedo hacer una excepción. Pero para que veas que soy agradecida, te prometo que no te llevaré por sorpresa. Antes de venir a buscarte, te enviaré a mis emisarios para que te avisen.

—Está bien —respondió el joven—. Es una ventaja saber cuándo vendrás. Así viviré tranquilo hasta entonces.

Y siguió su camino, contento y despreocupado. Pero la juventud y la salud no duran para siempre. Al poco tiempo comenzaron a llegar las enfermedades y los dolores. Las noches se le hicieron largas y pesadas, y el sueño desapareció.

"No voy a morir —se decía—, porque la Muerte me prometió enviar a sus mensajeros. Sólo quisiera que pasaran pronto estos días tan malos".

En cuanto se sintió mejor, volvió a su vida alegre y ligera, hasta que un día alguien le dio un golpecito en el hombro. Al volverse, vio a la Muerte a su lado, que le dijo:

—Sígueme. Ha llegado la hora de despedirte del mundo.

—¿Cómo? —protestó el hombre—. ¿Vas a romper tu promesa? Me dijiste que me enviarías tus emisarios antes de venir tú, y yo no he visto a ninguno.

—¿Que no los viste? —respondió la Muerte—. ¿No te envié la fiebre, que te sacudió y te dejó en cama? ¿No te mareaste? ¿No sentiste dolores en cada parte del cuerpo? ¿No te zumbaron los oídos? ¿No sufriste con el dolor de muelas? ¿No se te nubló la vista? Y por encima de todo eso, ¿acaso no pensaste en mí cada noche cuando el Sueño, mi hermano, te envolvía? ¿No es el sueño una pequeña muerte?

El hombre no supo qué decir. Comprendió que los avisos habían estado allí todo el tiempo, y sin oponer más resistencia, se fue con la Muerte.

PULGARCITO

Érase una vez un pobre campesino que, por las noches, se sentaba junto al fogón, atizaba el fuego y su esposa lo acompañaba hilando. En esos momentos, él decía:

—¡Qué triste es que no tengamos ningún hijo! ¡Nuestra casa es tan silenciosa, y en las demás hay tanto bullicio y alegría!

—Sí —respondía la mujer, suspirando—. Aunque fuera uno solo y tan pequeño como un dedo pulgar, estaría feliz, y lo querríamos con todo el corazón.

Y sucedió que la mujer enfermó y, a los siete meses, dio a luz un niño que, aunque estaba perfectamente formado, no era más grande que un pulgar. Entonces dijeron:

—Es justo como lo deseábamos, y será nuestro hijo querido.

Y lo llamaron, por su tamaño, Pulgarcito. No permitieron que le faltara buena alimentación, pero el niño no creció más; se quedó del mismo tamaño que al nacer. Sin embargo, tenía una mirada inteligente y pronto demostró ser tan listo y hábil que todo lo que intentaba le salía bien.

Un día, el campesino se preparaba para ir al bosque a cortar leña. Entonces pensó: "Me gustaría que alguien llevara después el carro".

—¡Oh, papá! —gritó Pulgarcito—. Yo llevaré el carro, confía en mí. A la hora justa estaré en el bosque.

El hombre se ri0 y dijo:

—¿Cómo va a ser eso posible? Eres demasiado pequeño para guiar al caballo con las riendas.

—Eso no importa. Si mamá engancha el caballo, yo me sentaré en su oreja y le diré hacia dónde debe ir.

—Bueno —dijo el padre—, vamos a intentarlo por esta vez.

Cuando llegó la hora, la madre enganchó al caballo y colocó a Pulgarcito en la oreja del animal. Luego, el pequeño gritó: "¡Arre, arre!". Todo salió a la perfección, como si lo guiara un experto, y el carro fue derecho al bosque.

Justo cuando doblaba una esquina y Pulgarcito gritaba "¡Arre, arre!", se acercaron dos forasteros.

—¡Caramba! —dijo uno—. Ahí viene un carro con alguien guiando al caballo, pero no se ve a nadie.

—Esto no es normal —dijo el otro—. Vamos a seguir el carro y ver a dónde va.

El carro entró a toda velocidad en el bosque y llegó justo al sitio donde el campesino estaba cortando leña. Cuando Pulgarcito vio a su padre, gritó:

—¿Viste, papá? Aquí estoy con el carro; ahora bájame.

El padre sujetó al caballo con una mano y con la otra tomó a su hijito de la oreja, quien se sentó feliz en una brizna de paja. Al ver a Pulgarcito, los forasteros se quedaron sin palabras. Uno de ellos le dijo al otro:

—Oye, este pequeño podría hacernos ricos si lo mostramos en una ciudad a cambio de dinero. Vamos a comprárselo.

Se acercaron al campesino y le dijeron:

—Véndenos a este hombrecito. Con nosotros estará bien.

—No —respondió el padre—. Es mi tesoro, y no lo vendo por todo el oro del mundo.

Sin embargo, Pulgarcito, al oír la conversación, se subió al pliegue de la chaqueta de su padre, se le subió a la espalda y le susurró al oído:

—Papá, véndeme. Verás que regresaré pronto.

Entonces el padre aceptó venderlo por una buena cantidad de oro.

—¿Dónde quieres sentarte? —le preguntaron.

—¡Ah! Siéntenme en el ala de su sombrero. Así podré mirar todo el paisaje sin caerme.

Le hicieron caso, y una vez que se despidió de su padre, se pusieron en marcha. Caminaron hasta que cayó la noche. Entonces dijo el pequeño:

—Bájenme, necesito hacer una necesidad.

—Quédate ahí arriba —dijo el que lo llevaba en la cabeza—. No me importa. Los pájaros también me dejan caer cosas a veces.

—No —insistió Pulgarcito—. Sé lo que es correcto. Bájenme ahora mismo.

El hombre se quitó el sombrero y dejó al pequeño en un campo al lado del camino. Entonces, Pulgarcito dio un salto, se arrastró entre unos terrones de tierra y se metió en una madriguera de ratón que había encontrado:

—Buenas noches, señores, ¡vuelvan a casa sin mí! —les gritó, riéndose.

Corrieron hacia la madriguera y metieron juncos, pero fue en vano. Pulgarcito se alejaba cada vez más, y como ya era casi de noche, tuvieron que regresar muy molestos y con las manos vacías.

Cuando Pulgarcito vio que se habían ido, salió de su escondite a la superficie.

—En el campo, la oscuridad es peligrosa —dijo—. Uno puede romperse la cabeza.

Por suerte, tropezó con una concha de caracol vacía.

—¡Gracias a Dios! —exclamó—. Aquí podré pasar la noche a salvo —y se metió adentro.

Poco después, justo cuando estaba por dormir, oyó pasar a dos hombres. Uno de ellos decía:

—¿Cómo haremos para robarle al párroco todo el oro y la plata?

—¡Yo puedo decírselos! —gritó Pulgarcito desde su escondite.

—¿Quién dijo eso? —preguntó uno, asustado—. Oí que alguien hablaba.

Se detuvieron y escucharon. Pulgarcito volvió a hablar:

—¡Llévenme con ustedes, yo les ayudaré!

—¿Dónde estás?

—Busca en el suelo y fíjate de dónde viene la voz —contestó él.

Por fin los ladrones encontraron a Pulgarcito y lo levantaron.

—Tú, hombrecito, ¿cómo vas a ayudarnos? —dijeron.

—Así —respondió—: me deslizaré entre las rejas hasta la habitación del párroco y les pasaré lo que quieran.

—Vamos a ver de qué eres capaz —dijeron.

Cuando llegaron a la casa parroquial, Pulgarcito se deslizó hasta la habitación gritando a todo pulmón:

—¿Quieren todo lo que hay aquí?

Los ladrones se asustaron y dijeron:

—¡Habla bajito! ¡No vayas a despertar a alguien!

Pero Pulgarcito hizo como que no los había oído y gritó de nuevo:

—¿Qué quieren? ¿Todo lo que hay aquí?

La cocinera, que dormía en la habitación de al lado, se incorporó y prestó atención. Pero los ladrones, asustados, se alejaron corriendo un buen tramo. Finalmente, recuperaron el valor y pensaron: "Este muchachito se está burlando de nosotros." Regresaron y le susurraron:

—Ahora ponte serio y pásanos algo.

Entonces Pulgarcito volvió a gritar con todas sus fuerzas:

—¡Claro que quiero darles todo! ¡Métanle mano!

La criada, que seguía escuchando, saltó de la cama y corrió hacia la puerta. Los ladrones huyeron como si el diablo los persiguiera. La muchacha, al no ver a nadie, fue a encender una lámpara. Pulgarcito, mientras tanto, se escabulló hasta el granero sin que nadie lo notara. La muchacha buscó por todos lados y, al no encontrar nada, pensó que había soñado y volvió a acostarse.

Pulgarcito se subió al heno del granero y encontró un buen lugar para dormir. Quería descansar hasta el amanecer y luego regresar a casa con sus padres. Pero antes tuvo que pasar por otras aventuras.

La muchacha se levantó al amanecer para alimentar al ganado. Sus primeros pasos fueron al granero, donde tomó un puñado de heno, justo el mismo donde dormía Pulgarcito. Pero dormía tan profundamente que no se dio cuenta, hasta que ya estaba en el hocico de la vaca, que lo había tragado junto con el heno.

—¡Ay, Dios mío! ¿En qué molino acabé metido?

Pronto se dio cuenta de dónde estaba. Tenía que tener cuidado de no terminar entre los dientes y ser triturado, así que se deslizó hacia el estómago.

—En este cuartito se olvidaron de poner ventanas —dijo—, y si no sale el sol, tampoco traerán luz.

No le gustó nada su nuevo alojamiento, y lo peor era que cada vez entraba más y más heno, haciendo el espacio más estrecho. Finalmente, muerto de miedo, gritó con todas sus fuerzas:

—¡Por favor, no traigan más pasto, no quiero más pasto!

La muchacha, que en ese momento ordeñaba a la vaca, al oír la voz —la misma que había escuchado la noche anterior— se asustó tanto que se cayó del banco y derramó la leche. Salió corriendo a contarle al párroco:

—¡Dios mío, padre, la vaca habló!

—¡Estás loca! —respondió el párroco, pero fue al establo para ver qué pasaba.

Apenas entró, Pulgarcito gritó otra vez:

—¡No me den más pasto! ¡No quiero más pasto!

El párroco también se asustó y pensó que un espíritu maligno se había metido en la vaca, así que ordenó matarla. Luego, tiraron el estómago al montón de estiércol. A Pulgarcito le costó mucho salir de ahí, pero finalmente logró abrirse paso, justo cuando asomó la cabeza, ocurrió otra desgracia: un lobo hambriento apareció y se tragó el estómago entero de un solo bocado.

Pulgarcito no se desanimó:

—Tal vez pueda convencer al lobo —pensó, y gritó desde su interior:

—¡Querido lobo, sé dónde puedes encontrar un gran banquete!

—¿Dónde? —preguntó el lobo.

—En esa casa. Métete por la alcantarilla y encontrarás pasteles, tocino y salchichas por montones —y le describió la casa de sus padres.

El lobo no lo pensó dos veces y por la noche entró a la casa por la alcantarilla. Comió de todo hasta hartarse. Cuando quiso irse, ya no pudo salir por donde entró, de tan hinchado que estaba. Pulgarcito lo tenía todo planeado y comenzó a hacer un escándalo dentro del lobo, gritando y alborotando lo más que podía.

—¿Te puedes callar? —dijo el lobo—. Vas a despertar a todos.

—¿Y tú qué crees? ¡Tú comiste todo lo que quisiste y yo quiero divertirme! —respondió Pulgarcito, y gritó aún más fuerte.

El escándalo despertó a sus padres, que fueron a ver qué pasaba. El hombre tomó un hacha y la mujer una hoz.

—Quédate atrás —dijo el padre—. Cuando yo le dé un golpe, tú le abres el cuerpo.

En ese momento, Pulgarcito reconoció la voz de su padre y gritó:

—¡Papá, mamá, estoy aquí dentro del lobo!

—¡Gracias a Dios! —exclamó el padre—. Hemos encontrado a nuestro querido hijo.

Le dijo a la mujer que soltara la hoz, para no lastimar a Pulgarcito, y con el hacha le dio un golpe al lobo, matándolo al instante. Luego buscaron un cuchillo y unas tijeras, le abrieron el vientre y sacaron a su hijito.

—¡Ay, cuánto sufrimos por ti!

—Sí, papá —dijo Pulgarcito—. He viajado mucho, pero qué bueno es volver a respirar aire fresco.

—¿Dónde has estado?

—¡Uf! En una madriguera de ratón, en el estómago de una vaca y en la panza de un lobo... Pero ya me quedo con ustedes.

—Y nosotros no te venderemos por todo el oro del mundo —dijeron los padres, abrazándolo y besándolo con cariño.

Le dieron comida, bebida y mandaron a hacerle ropa nueva, porque la que tenía estaba hecha trizas por todo lo que había pasado.

LOS DOCE CAZADORES

Había una vez un príncipe que tenía una novia a la que quería mucho. Siempre estaba a su lado y era muy feliz. Pero un día recibió la noticia de que su padre, que vivía en otro reino, estaba gravemente enfermo, y quiso ir a verlo antes de que muriera. Por eso le dijo a su amada:

—Tengo que marcharme y dejarte por un tiempo, pero aquí tienes este anillo como recuerdo de nuestro amor. Cuando sea rey, volveré y te llevaré a mi palacio.

Y se puso en camino. Cuando llegó junto a su padre, éste ya se encontraba moribundo y le dijo:

—Querido hijo, quería verte por última vez antes de morir. Prométeme que te casarás con la mujer que yo te indique.

Y le nombró a una princesa que debía ser su esposa.

El joven estaba tan afligido que respondió sin pensar:

—Sí, querido padre, cumpliré tu voluntad.

Entonces el rey cerró los ojos y murió.

El hijo comenzó a reinar, y cuando terminó el tiempo de luto, debía cumplir su promesa. Por eso envió a buscar a la hija del rey con quien se había comprometido. Su primera novia se enteró de la noticia y sintió una gran tristeza por su infidelidad, al punto de que casi perdió la salud. Entonces su padre le preguntó:

—Dime, querida hija, ¿qué te pasa?, ¿qué necesitas?

Ella reflexionó un momento y luego respondió:

—Querido padre, quisiera encontrar once jóvenes que sean iguales a mí en rostro y estatura.

El rey le dijo:

—Se cumplirá tu deseo, si es posible.

Y mandó buscar por todo su reino a once doncellas que fueran iguales a su hija en apariencia.

Cuando las encontró, se vistieron todas como cazadores, con trajes completamente iguales. La princesa se despidió de su padre y se marchó con sus compañeras al reino de su antiguo prometido. Allí preguntaron si necesitaban cazadores y si podían entrar al servicio del rey. Él las miró, pero no la reconoció; y como todos eran jóvenes apuestos, aceptó con gusto. Así, los doce cazadores entraron al servicio del rey.

Pero el rey tenía un león, un animal mágico que lo sabía todo, incluso lo oculto y lo secreto. Una noche le dijo:

—¿Crees que tienes doce cazadores?

—Sí —respondió el rey—, son doce cazadores.

Pero el león añadió:

—Te equivocas, son doce mujeres.

El rey replicó:

—No puede ser verdad. ¿Cómo puedes probarlo?

—Manda echar guisantes en el suelo de tu cuarto —dijo entonces el león—. Los hombres caminan con paso firme, y los guisantes no se mueven. Pero las mujeres caminan con inseguridad, y los guisantes ruedan.

El rey siguió el consejo y mandó esparcir guisantes en su cuarto. Pero un criado que apreciaba mucho a los cazadores, al enterarse de la prueba, les avisó:

—El león quiere demostrarle al rey que ustedes son mujeres.

La princesa le agradeció y dijo a sus compañeras:

—Tengan cuidado y caminen con paso firme sobre los guisantes.

Al día siguiente, cuando el rey los llamó y entraron en el cuarto, caminaron con tal seguridad y firmeza que ni un solo guisante rodó. Cuando se fueron, el rey le dijo al león:

—Te has equivocado, caminan como hombres.

El león respondió:

—Sabían que serían puestos a prueba y se prepararon para superarla. Pero ordena que traigan doce ruecas a tu cuarto, y cuando entren, verás cómo se sonríen. Eso no lo hacen los hombres.

Al rey le agradó la idea y mandó llevar las ruecas. Pero el criado, cada vez más encariñado con los cazadores, fue otra vez a advertirles. Entonces la princesa dijo a sus once doncellas:

—Tengan cuidado y no miren las ruecas.

Al día siguiente, cuando el rey los llamó, entraron sin mirar en dirección a las ruecas. Entonces el rey le dijo al león:

—Te has equivocado de nuevo, son hombres, no han mostrado interés por las ruecas.

Y el león le respondió:

—Sabían que serían sometidos a otra prueba y la superaron con cuidado.

Pero el rey ya no quiso creer más al león.

Los doce cazadores seguían al rey constantemente en sus salidas de caza, y él les había tomado mucho cariño. Un día, mientras cazaban, llegó la noticia de que había arribado la futura esposa del rey. Al oírlo, la antigua novia se sintió tan mal que se desmayó. El rey pensó que su cazador preferido había sufrido un ataque al corazón, corrió a ayudarle, le quitó el guante y vio en su mano el anillo que él mismo le había regalado a su primera novia. La miró entonces al rostro y la reconoció. Se conmovió profundamente, le dio un beso, y cuando ella volvió en sí, le dijo:

—Tú eres mía y yo soy tuyo, y ningún ser humano podrá separarnos.

Entonces envió un caballero a decirle a la otra princesa que regresara a su reino, pues ya estaba casado. Poco después se celebró la boda con su verdadero amor, y el rey perdonó al león, porque al fin y al cabo había dicho la verdad.

NUESTRO SEÑOR Y EL GANADO DEL DIABLO

Dios Nuestro Señor había creado a todos los animales y había elegido a los lobos para que le sirvieran como perros; solo que se había olvidado de crear a la cabra. Entonces vino el diablo y, no queriendo quedarse atrás, quiso crear algo también. Hizo las cabras y les puso una cola larga y bonita.

Pero ocurrió que, cuando salían a pastar, a cada momento se les enredaba la cola entre las zarzas y los espinos, y el diablo tenía que ir a soltarlas, lo que le causaba mucho trabajo y fatiga. Al final, aquello lo fastidió tanto que, de pura rabia, les cortó la cola a mordiscos a todas, como aún puede verse por el muñón que les quedó.

Entonces las mandó de nuevo a pastar. Pero Nuestro Señor observó que, tan pronto mordían un árbol frutal, como estropeaban unos sarmientos o devoraban delicadas plantas. Le dolió tanto aquello que, por pura bondad y misericordia, envió a sus lobos, los cuales no se anduvieron con rodeos, y en poco tiempo acabaron con las cabras.

Al enterarse el diablo, se presentó ante Nuestro Señor y le dijo:

—Tus criaturas se comieron a las mías.

Y el Señor le respondió:

—¿Y por qué las creaste para hacer el mal?

—¡Qué otra cosa podían hacer! —replicó el diablo—. Así como mi mente siempre se dirige hacia el mal, también lo que creo debe tener una naturaleza perversa. Tienes que pagarme, y bien caro.

—Te pagaré tan pronto caiga la hoja del roble. Ven entonces, y tendré tu dinero preparado.

Cuando cayó la hoja del roble, el diablo fue a reclamar su deuda; pero Nuestro Señor le dijo:

—En la catedral de Constantinopla hay un roble muy alto que todavía tiene todas sus hojas.

Soltando maldiciones y reniegos, el diablo se marchó en busca de ese roble. Pero antes de encontrarlo, se perdió y anduvo seis meses extraviado en el desierto. Cuando regresó, todos los demás robles ya se habían cubierto nuevamente de follaje. Tuvo que renunciar a su reclamo y, lleno de rabia, les sacó los ojos a todas las cabras que quedaban y les puso los suyos.

Por eso, hasta hoy, todas las cabras tienen ojos de demonio y un muñón por cola. Y al diablo le gusta adoptar su figura.

LOS DUCADOS CAÍDOS DEL CIELO

Érase una vez una niña que había perdido a su padre y a su madre, y se quedó tan pobre que no tenía ni una cabaña donde vivir, ni una camita donde dormir. Solo le quedaban los vestidos que llevaba puestos y un pedazo de pan que le había dado un alma caritativa.

Pero la niña era buena y piadosa. Viéndose abandonada por el mundo entero, se marchó campo a través, con la confianza puesta en Dios. Se encontró con un mendigo, que le dijo:

—¡Ay! Dame algo de comer. ¡Tengo tanta hambre!

Ella le dio el pan que tenía en la mano, diciendo:

—¡Dios te bendiga! —y siguió adelante.

Más adelante encontró a un niño que le dijo, llorando:

—Tengo frío en la cabeza. Dame algo con qué cubrirme.

La niña se quitó el gorro y se lo dio.

Después se encontró con otra niña que no llevaba blusa y tiritaba de frío. Ella le dio la suya. Luego, otra le pidió la falda, y también se la dio.

Finalmente, llegó a un bosque, cuando ya había oscurecido, y se le presentó otra niña desvalida que le pidió la camisita. La piadosa muchacha pensó: "Ya es de noche y nadie me verá. Bien puedo desprenderme de la camisa", y se la quitó para dársela a la niña necesitada.

Y, al quedarse desnuda, empezaron a caer estrellas del cielo, y resultaron ser relucientes ducados de oro. Y, en lugar de la camisita que acababa de dar, le cayó otra de finísimo hilo. Entonces recogió los ducados y fue rica para toda la vida.

LA ROSA

Érase una vez una mujer pobre que tenía dos hijos, y el menor de ellos debía salir todos los días al bosque a buscar leña.

Un día, cuando ya se había adentrado bastante en el bosque, se le apareció un niño muy pequeño que, acercándose sin temor, lo ayudó con diligencia a recoger la leña y a transportarla hasta su casa. Pero, al llegar a la puerta, el niño desapareció.

El muchachito se lo contó a su madre, pero ella se negó a creerle.

Tiempo después, el niño sacó una rosa y le explicó que el pequeño se la había dado, diciéndole: "Volveré cuando esta rosa se abra".

La madre colocó la flor en agua.

Y una mañana, el muchacho no se levantó de la cama. Cuando su madre fue a llamarlo, lo encontró muerto, pero con un rostro apacible y dichoso.

Y esa misma mañana, la rosa se abrió.

LA VARA DE AVELLANO

Una tarde el Niño Jesús se metió en la cuna y se durmió. Entonces se acercó su madre, lo contempló con gran gozo y dijo;

— ¿Te has echado a dormir, hijo mío? Duerme dulcemente; entre tanto iré al bosque a coger un puñado de fresas para ti. Sé que te alegrarás de ello cuando te despiertes.

Ya en el bosque, encontró un sitio con las fresas más ricas, pero, al inclinarse para cogerlas, saltó de la hierba una víbora. Se asustó, dejó las fresas y se echó a correr. La víbora se lanzó tras ella, pero la Madre de Dios, como podéis imaginar, sabía lo que hacía y se escondió detrás de un arbusto de avellanos, permaneciendo allí hasta que la serpiente desapareció. Luego recolectó las fresas y, cuando se puso en camino de vuelta a casa, dijo:

— Así como el arbusto de avellano ha sido esta vez mi protección, también lo será en el futuro para otros hombres.

Por eso, desde los tiempos más antiguos, una rama verde de avellano es la protección más segura contra culebras, serpientes y todo lo que se arrastra por la tierra.

LA VIGA

Un día, un hechicero se encontraba rodeado de espectadores, ante quienes realizaba sus maravillosos trucos. Entre ellos, presentaba a un gallo que levantaba una viga y la llevaba de un lado a otro como si fuera una ligera pluma. Pero entre los asistentes estaba una muchacha que había encontrado un trébol de cuatro hojas y, por eso, era más lista e inteligente que los demás. Como las artes de la prestidigitación no podían engañarla, vio que la viga no era más que una simple paja. Entonces gritó:

—¡Eh, buena gente! ¿No ven que lo que lleva el gallo no es una viga, sino una simple paja?

El hechizo desapareció, y los espectadores, al darse cuenta del truco, echaron al brujo con burlas e improperios. El hombre, con rabia en el corazón, dijo para sí: "¡Me vengaré!".

Al cabo de algún tiempo, la muchacha celebraba su boda. Muy acicalada y bien vestida, se dirigía a la iglesia seguida de una numerosa comitiva; para llegar al templo había que atravesar un despoblado. De pronto, llegaron a un torrente que bajaba muy crecido, y no había puente ni pasarela para cruzarlo. La novia, ni corta ni perezosa, se subió las faldas, dispuesta a vadear el riachuelo; y he aquí que, cuando ya estaba en el centro, el hechicero de marras, que se encontraba cerca, comenzó a gritar en tono burlón:

—¡Eh! ¿Dónde tienes los ojos, que tomás esto por agua?

La muchacha levantó la mirada y se vio, con las ropas levantadas, en medio de un campo de lino cubierto de flores azules. Al ver esto, todos los presentes comenzaron a reírse de ella.

LA VIEJA PORDIOSERA

Érase una vez una mujer muy anciana. Seguramente alguna vez habrás visto a una viejita pidiendo limosna, ¿verdad? Pues esta también lo hacía, y cada vez que alguien le daba algo, exclamaba:

—¡Dios se lo pague!

Un día llamó a una puerta y se encontró con un muchacho algo bribón que se estaba calentando junto al fuego. El joven miró con simpatía a la pobre anciana, que seguía en la puerta, tiritando.

—Acérquese a calentarse, abuela —le dijo.

La mujer entró y se aproximó tanto al fuego que, sin darse cuenta, las llamas prendieron en sus harapos, mientras el muchacho se quedó mirando. ¿No debió apagar el fuego? ¿Verdad que su deber era apagarlo? Y si no tenía agua a mano, debió reunir en sus ojos toda la que tenía en el cuerpo y, a fuerza de lágrimas, hacer brotar dos arroyos con los que apagar las llamas.

LA PAPILLA DULCE

Érase una vez una pobre muchacha inocente que vivía sola con su madre y no tenía nada para comer. La niña fue al bosque y allí se encontró con una anciana que, al conocer su desgracia, le regaló una ollita a la que bastaba decirle: "Ollita, cuece", para que preparara una rica papilla dulce de mijo, y diciéndole: "Ollita, detente", dejaba de cocer.

La muchacha llevó la olla a su madre, y así se vieron libres de la pobreza y el hambre, y comían tanta papilla como querían.

Un día, cuando la muchacha había salido, la madre dijo: "Ollita, cuece", y la ollita coció, y ella comió hasta hartarse. Luego quiso que la ollita dejara de cocer, pero no sabía la fórmula. Así que la ollita siguió cociendo y la papilla se salió por los bordes, llenando la cocina, luego la casa de al lado, y después la calle, como si quisiera saciar al mundo entero, causando una situación que nadie sabía cómo resolver.

Finalmente, cuando ya solo quedaba una casa sin papilla, la niña regresó y dijo: "Ollita, detente". La ollita dejó de cocer, pero todo aquel que quiso regresar a la ciudad tuvo que comerse la papilla para poder abrirse paso.

GUÍA DE PREGUNTAS PARA LOS NIÑOS

*El maestro o padre/madre escogerá un cuento y le preguntará al alumno o hijo las siguientes preguntas.

1. ¿Quién es el personaje principal del cuento?
2. ¿Dónde ocurre la historia?
3. ¿De qué trata el cuento?
4. ¿Cómo lo soluciona?
5. ¿Qué enseñanza te deja este cuento?
6. ¿Qué parte te gustó más y por qué?
7. Si fueras uno de los personajes, ¿cuál serías y qué harías diferente?
8. ¿Qué cualidades tenía el personaje principal? ¿Te gustaría ser como él o ella?
9. Inventá un nuevo personaje que pudiera vivir en ese cuento. ¿Cómo se llama? ¿Qué hace?
10. Dibujá una escena del cuento que te haya gustado mucho.
11. ¿Qué enseñanza te deja el cuento?

CONTENIDO